UNIVERS DES LETTRES

MOLIÈRE

LE MISANTHROPE

Comédie

avec une notice sur le théâtre au XVIIe siècle, une biographie chronologique de Molière, une étude générale de son œuvre. une **analyse méthodique de la pièce,** des notes, des questions

par

Fernand ANGUÉ

Professeur de Première
au Lycée Chaptal

Bordas

Ph. Jean Dubout © Photeb/T

Ph. X © Photeb/T

Le premier ALCESTE :
MOLIÈRE
par Ch. Coypel, d'après Mignard

La première CÉLIMÈNE :
ARMANDE BÉJART
Pastel de l'École Française, XVIIe s.

I.S.B.N. 2-04-010576-X
I.S.S.N. 0249-7220

LE THÉATRE AU XVIIe SIÈCLE

Les troupes

1. L'**Hôtel de Bourgogne.** — Locataires de la Confrérie, les « Comédiens français ordinaires du Roi », dirigés par Bellerose après Valleran le Conte, sont des « artistes expérimentés » mais, vers 1660, leur équipe a vieilli. Ils reçoivent une pension de 12 000 livres que leur avait fait donner Richelieu.

2. Fondé en 1629, le **Théâtre du Marais,** qui fit triompher *le Cid* en 1637, n'a plus, en 1660, « un seul bon acteur ny une seule bonne actrice », selon Tallemant des Réaux. La troupe cherche le salut dans les représentations à grand spectacle. Elle ne touche plus aucune pension.

3. Les **Italiens** sont animés par Tiberio Fiurelli, dit Scaramouche. Ils improvisent sur un canevas, selon le principe de la *commedia dell'arte*. S'exprimant en italien, ils sont « obligés de gesticuler [...] pour contenter les spectateurs », écrit Sébastien Locatelli. Ils reçoivent 16 000 livres de pension générale et des pensions à titre personnel.

4. La **troupe de Molière** s'installe à Paris en 1658 (voir p. 9); en 1665, devenue Troupe du Roi, elle reçoit 6 000 livres de pension. « Tous les acteurs aimaient M. de Molière leur chef qui joignait à un mérite et à une capacité extraordinaires une honnêteté et une manière obligeante qui les obligea à lui protester qu'ils voulaient courir sa fortune, et qu'ils ne le quitteraient jamais, quelque proposition qu'on leur fît et quelque avantage qu'ils pussent trouver ailleurs. » (Préface de Vinot et La Grange pour l'édition des Œuvres de Molière, 1682).

La troupe forme une société : chacun touche une part, une moitié ou un quart de part des recettes. Le chef des Grands Comédiens reçoit une part et demie. Molière en reçoit deux, à cause de sa qualité d'auteur.

Les salles

Dans les trois théâtres, la plupart des spectateurs sont debout, au parterre. Un certain nombre occupent la scène — des hommes seulement —, côté cour et côté jardin [1] : deux balustrades les isolent des comédiens qui se tiennent au centre du plateau. D'autres spectateurs occupent les galeries, les loges.

Le prix des places est passé de 9 sous (en 1640) à 15 sous (en 1660) pour le parterre; de 10 sous (en 1609) à 19 sous (en 1632) puis à un demi-louis (en 1660), soit 110 sous (prix indiqué dans *la Critique de l'École des femmes* — sc. 5 — en 1663), pour les galeries, le plateau ou les loges. Les Grands (princes du sang, ducs et pairs), les mousquetaires et les pages du roi entrent au théâtre sans payer.

---

1. Regardons la scène, conseillait Paul Claudel, et projetons-y les initiales de *Jésus-Christ*, nous saurons où est le côté *Jardin* et le côté *Cour*.

L'ÉPOQUE DE MOLIÈRE

Règne de Louis XIII 1610-1643		**Jeunesse**
1621	Naissance de La Fontaine.	
1622	Richelieu nommé cardinal.	
1623	Naissance de Pascal (19 juin). *Histoire comique de Francion* par Charles Sorel.	
1624	*Lettres* de Louis Guez de Balzac.	
1625	*Les Bergeries* de Racan.	
1626	Naissance de Mme de Sévigné. Édit de Nantes ordonnant la destruction des châteaux fortifiés.	
1627	Naissance de Bossuet. Fondation de la Compagnie du Saint-Sacrement. Construction du palais de Delhi.	
1628	Mort de Malherbe. Harvey explique la circulation sanguine.	
1630	*Quatre Dialogues* par La Mothe le Vayer.	Études.
1631	Théophraste Renaudot fonde *la Gazette*. Mareschal écrit que le théâtre est devenu le « divertissement le plus beau des Français ».	
1632	*La Leçon d'anatomie* par Rembrandt.	
1633	Saint-Cyran devient directeur de conscience à Port-Royal. Galilée abjure devant l'Inquisition.	
1634	*Sophonisbe*, tragédie de Mairet. Fondation des Filles de la Charité par Vincent de Paul.	
1635	*Médée*, tragédie de Corneille. Fondation de l'Académie française.	
1636	Naissance de Boileau. Fondation de l'Université de Harvard.	Carrière.
1637	*Le Cid*, tragédie de Corneille. *Discours de la méthode* par Descartes. Débuts de la Société des Solitaires de Port-Royal.	Vocation.
1638-1641	Révolte des « va-nu-pieds » en Normandie.	
1640	*Horace*, tragédie de Corneille. *Augustinus* par Jansenius.	
1641	*La Guirlande de Julie.*	
1642	*Polyeucte*, tragédie de Corneille. Olier fonde la congrégation de Saint-Sulpice. Mort de Richelieu. Naissance de Newton. Construction du château de Maisons-Laffitte.	

LA VIE DE MOLIÈRE (1622-1673)

1622 (15 janvier). Baptême de Jean (nommé Jean-Baptiste en **1624** quand un second fils est baptisé Jean) POQUELIN à l'église Saint-Eustache (on ignore la date de naissance, ses parents étaient mariés depuis huit mois et dix-huit jours). La mère, Marie CRESSÉ, fille d'un tapissier, sait lire et écrire; elle mourra en **1632**.
Le père, Jean Poquelin, riche marchand tapissier rue Saint-Honoré (vers le nº **96** d'aujourd'hui), achète à son frère Nicolas, en **1631**, un office de tapissier ordinaire du roi; en **1633**, il se remarie avec une autre fille de marchand, mais illettrée, Catherine FLEURETTE, qui mourra en **1636**, le laissant veuf avec cinq enfants. « Tous les jours, les valets de chambre tapissiers aident à faire le lit du Roy. Ils sont obligés de garder les meubles de campagne pendant leur quartier et de faire les meubles de Sa Majesté. Ils confectionnent les meubles usuels, garnitures de lit, rideaux, fauteuils, tabourets, réparent et entretiennent les meubles quand la Cour marche en campagne » (document cité par Abel Lefranc [1]).

1633?-1639 Jean-Baptiste chez les jésuites du Collège de Clermont (aujourd'hui lycée Louis-le-Grand) qui compte près de 2 000 externes et 300 pensionnaires; les fils de grands seigneurs sont placés, en classe, devant une barrière de bois doré qui les sépare des autres élèves (le prince de Conty [2] y aura sa place, quelques années après la scolarité de Molière).

1642 Études de droit à Orléans; il obtient sa licence, sans doute contre « épices » :

> Je sortis du collège et j'en sortis savant
> Puis, venu d'Orléans où je pris mes licences...
>
> *Élomire hypocondre*, sc. 2.

Après avoir été inscrit au Barreau six mois durant, Jean-Baptiste remplace son père — qui veut l'éloigner des Béjart — comme tapissier valet de chambre du roi (à qui il a prêté serment dès **1637**) durant le voyage de celui-ci à Narbonne.
— Peut-être le grand-père Cressé (il signait : Louis *de* Cressé; pensons à M. Jourdain) conduisit-il l'enfant à l'Hôtel de Bourgogne.
— Peut-être le grand-père Poquelin lui donna-t-il l'occasion d'écouter et de voir les farceurs enfarinés : Turlupin, Gros-Guillaume, Gaultier-Garguille (mort en **1634**), Guillot-Gorju (mort en **1648**).
— Peut-être le jeune homme subit-il l'influence du philosophe épicurien Paul Gassendi, installé à Paris en **1641**, et connut-il les épicuriens Chapelle, La Mothe le Vayer, Cyrano de Bergerac, d'Assoucy qu'il devait fréquenter plus tard.

---

1. *Revue des Cours et Conférences*, 1909. — 2. La terre de Conty (et non *Conti*) se trouve en Picardie.

1643	Mort de Louis XIII (13 mai).	**Comédien parisien**
Régence d'Anne d'Autriche 1643-1661		
	Victoire de Rocroi (19 mai). Condamnation de l'*Augustinus*.	
1644	Torricelli invente le baromètre.	
1645	Naissance de La Bruyère. Gassendi professeur au Collège de France. Mariage de Julie d'Angennes et de Montauzier.	
1646	Conversion des Pascal au jansénisme.	
1647	Expériences de Pascal sur le vide. Naissance de Bayle et de Denis Papin.	
1648-1653	Fronde.	
1648	Fondation de l'Académie de peinture et de sculpture. Traité de Westphalie. *Les Pèlerins d'Emmaüs* par Rembrandt.	Poquelin devient Molière.
1650	Mort de Descartes.	
1651	*Nicomède*, tragédie de Corneille. *Le Roman comique* par Scarron. Naissance de Fénelon.	
1653	Condamnation du Jansénisme. Fouquet surintendant des finances. Cromwell protecteur d'Angleterre. Vincent de Paul fonde l'Hospice général.	**Comédien ambulant** du duc d'Épernon,
1654	Nuit de Pascal (23 novembre).	
1655	Conversion du prince de Conty. Pascal se retire à Port-Royal-des-Champs. Racine entre aux Petites-Écoles de Port-Royal-des-Champs.	
1656	*Le Voyage dans la lune* par Cyrano de Bergerac.	
1656-1657	*Lettres provinciales* par Pascal.	du prince de Conty,
1656-1659	Construction du château de Vaux.	
1657	Naissance de Fontenelle.	
1658	Corneille écrit les *Stances à Marquise* pour la Du Parc (Marquise Thérèse de Gorla, femme du comédien Du Parc). Mort de Cromwell. Création de l'Académie des sciences. Publication des *Œuvres complètes* de Gassendi.	du gouverneur de Normandie.

1643 (16 juin). Jean-Baptiste signe, avec les Béjart (Joseph, Madeleine et Geneviève, enfants d'un huissier à la maîtrise des Eaux et Forêts), l'acte de constitution de l'**Illustre Théâtre;** mais c'est Madeleine la directrice. Protégée par le baron de Modène, elle a une fille (ou une sœur : on discute toujours de la question), Armande, âgée de cinq ans.

Opinion de M. Jasinski (1951) : « Dans l'état actuel des connaissances la question demeure insoluble. »

Opinion de M. Adam (1956) : « Les érudits du XIXe siècle ont fait l'impossible pour démontrer [...] qu'Armande était bien la sœur de Madeleine. Mais tous les documents qu'ils ont mis à jour, par cela seul que ce sont des actes notariés, ne portent témoignage que de la vérité officielle adoptée par la famille. »

Opinion de M. Jacques Scherer (1958) : « Jeune sœur et non, semble-t-il, fille de Madeleine. »

1644 (1er janvier). Après quelques représentations en province, débuts de la troupe au Jeu de paume des Métayers (il appartenait à Nicolas et Louis Métayer); en juillet, Jean-Baptiste prend le pseudonyme de **Molière** et devient directeur; en décembre, la troupe s'installe au jeu de paume de la Croix-Noire, d'une location moins élevée (quai des Célestins, no 32).

1645 Les affaires devenues franchement mauvaises, Molière est emprisonné pour dettes au Châtelet, durant quelques jours.

1645-1658 Molière libéré, l'Illustre Théâtre cherche fortune en province où il mène une vie moins famélique que celle dont Scarron nous a laissé le tableau dans *le Roman comique* (1651). La troupe est, en effet, protégée par le duc d'Épernon, gouverneur de Guyenne, qui lui donne pour directeur le comédien Charles Dufresne. Principales étapes : Albi, Carcassonne (1647); Nantes (1648); Toulouse, Narbonne (1649). En 1650, Molière reprend la direction de la troupe qui séjourne à Agen, **Lyon**, **Pézenas** (1650) : selon la légende, Molière se postait chez le perruquier Gely, dans un fauteuil que l'on montre encore à Pézenas, pour entendre les conversations et observer les clients; Vienne, Carcassonne (1651); Grenoble, Lyon, Pézenas (1652). En 1653, la troupe passe sous la protection du **prince de Conty** (frère du Grand Condé), nouveau gouverneur de Guyenne, puis gouverneur du Languedoc. Montpellier, Lyon (1654); Avignon, Lyon, Pézenas (1655); Narbonne, Béziers (1656). En 1657, le prince de Conty, converti, retire son patronage à la troupe qui passe au service du gouverneur de Normandie. Lyon, Dijon, Avignon (1657); Lyon, Grenoble, Rouen (1658) où Molière rencontre Corneille. Durant ces tournées, le comédien compose des farces dont la plupart sont perdues (certaines n'étaient qu'un canevas sur lequel brodaient les acteurs). Il présente le personnage de **Mascarille** dans ses premières pièces connues : *l'Étourdi*, joué à Lyon en 1655, *le Dépit amoureux*, joué à Béziers en 1656.

1659	*Œdipe*, tragédie de Corneille. Traité des Pyrénées.	**Auteur et directeur de théâtre parisien**
1660	Premières *Satires* de Boileau. Mariage de Louis XIV et de Marie-Thérèse. *Examens* et *Discours sur le poème dramatique* par Corneille. Louis XIV fait brûler *les Provinciales*. *Dictionnaire des précieuses* par Somaize.	au Petit-Bourbon (1658-1662),
Règne personnel de Louis XIV 1661-1715		
1661	Mariage d'Henriette d'Angleterre avec Monsieur (mars). Fêtes de Vaux en l'honneur du roi (17 août). Arrestation de Fouquet (5 septembre). *Élégie aux nymphes de Vaux* par La Fontaine. Le Vau commence à construire le château de Versailles.	
1662	Mort de Pascal (19 août). *Histoire comique* par Cyrano de Bergerac. *Mémoires* de La Rochefoucauld.	au Palais-Royal (1662-1673).
1663	Premières pensions attribuées aux gens de lettres sur les indications de Chapelain. Descartes mis à l'index par l'Université de Paris; Molière songe à faire une comédie sur ce sujet. Boileau entre en relations avec Molière. Querelle de *l'École des femmes ;* Molière attaqué dans sa vie privée.	
1664	Le roi apprend à faire des vers. Premiers *Contes* de La Fontaine. Molière joue *la Thébaïde* de Racine. Dans *le Mariage forcé*, créé au Louvre (29 janvier). le roi danse, costumé en Égyptien. Dispersion des religieuses de Port-Royal de Paris (août). Condamnation de Fouquet (20 décembre).	**Comédien du roi** Un de ces « valets intérieurs » par lesquels « le roi se communiquait particulièrement» (Saint-Simon).
1665	Molière monte l'*Alexandre* de Racine (4 décembre); mais Racine le trahit pour l'Hôtel de Bourgogne (18 décembre). Fondation du *Journal des savants.* Mort de Mme de Rambouillet. *Maximes* de La Rochefoucauld.	

1658 (12 juillet). La troupe (dix acteurs et actrices) loue à Paris le Jeu de paume du Marais (il y avait 120 jeux de paume à Paris et la vogue de la paume commençait à passer). Protégée par **Monsieur,** frère unique du roi, elle se taille bientôt une réputation inégalable dans le comique. En conséquence, le roi l'installe dans la salle du **Petit-Bourbon** où elle joue les lundi, mercredi, jeudi et samedi (les autres jours étant réservés aux Comédiens italiens).

1659 (18 novembre). On joue **les Précieuses ridicules** (après *Cinna*) avec un succès éclatant. La pièce est imprimée en janvier 1660 : les auteurs sont « à présent mes confrères », ironise le comédien dans sa préface.

1660 Molière crée le personnage aux moustaches tombantes de **Sganarelle** [1] (le « laid humain personnifié et qui fait rire », selon Sainte-Beuve) et devient, selon Somaize, « le premier farceur de France ». Son frère étant mort, Molière reçoit définitivement le titre de tapissier valet de chambre du roi.

1662 (20 février). A Saint-Germain-l'Auxerrois, il épouse **Armande Béjart** (elle a une vingtaine d'années de moins que lui : pensons à Arnolphe devant Agnès), fille ou sœur de Madeleine.

Dans la magnifique salle du **Palais-Royal** (on démolit le Petit-Bourbon depuis octobre 1660 afin d'ériger la colonnade du Louvre) qu'elle partage avec les Italiens, et où elle restera jusqu'à la mort de Molière, la troupe triomphe [2] dans *l'École des femmes.* Molière reçoit la première pension accordée par le roi à un comédien. L'envie, la jalousie suscitent des cabales dirigées par les comédiens de l'Hôtel de Bourgogne (c'est la « guerre comique ») ; on dénonce l'impiété de Molière : il a pour ami des gassendistes, disciples d'Épicure, et un historien catholique de nationalité suisse, M. Gonzague de Reynold, parle encore ainsi aujourd'hui (*Le XVIIe siècle,* 1944, p. 63) de l'épicurisme : « C'est l'adversaire avec lequel on ne compose jamais. »

1664 (février). Réplique royale : le premier-né (qui mourra en mai) de Molière a pour parrain le roi et pour marraine Madame.

1664 (du 8 au 13 mai). Molière anime « les plaisirs de l'Ile enchantée » et fait représenter *la Princesse d'Élide.*

1664 (12 mai). Première représentation publique du *Tartuffe.* Mais, influencé par les dévots, le roi interdit de jouer la pièce en public.

1665 (15 février). **Dom Juan** [3] au Palais Royal : 15 représentations seulement.

1665 (15 août). La troupe devient la **Troupe du roi** et reçoit 6 000 livres de pension.

1665 (27 novembre). Molière tombe malade d'une fluxion de poitrine et se trouve écarté de la scène durant deux mois. Il subit une rechute de quatre mois en 1666 et ne remontera sur les planches qu'en juin 1667.

1. Sganarelle apparaît dans *le Médecin volant* (valet de Valère), *le Cocu imaginaire* (bourgeois de Paris), *l'École des maris* (tuteur d'Isabelle), *Dom Juan* (valet de Don Juan). *l'Amour médecin* (bourgeois, père de Lucinde), *le Médecin malgré lui* (fagotier, mari de Martine). — 2. Elle joue maintenant les mardi, vendredi et dimanche, comme les Grands Comédiens. — 3. Antoine Adam (*Histoire de la littérature française au XVIIe siècle,* III, p. 321) a expliqué pourquoi nous écrivons *Dom* pour le titre de la pièce et *Dom* pour le personnage.

1666	Mort d'Anne d'Autriche (22 janvier).	Deuils, douleurs.
	Mort du prince de Conty (10 février).	
	Satires I à VI de Boileau.	
	Le Roman bourgeois par Furetière.	
	Newton réalise la décomposition de la lumière.	
1667	Mlle Du Parc quitte Molière pour l'Hôtel de Bourgogne où, le 22 novembre, elle crée le rôle d'Andromaque (elle mourra le 11 décembre 1668).	
1668	*Fables* (livres I à VI) de La Fontaine.	
	Les Plaideurs, comédie de Racine.	Disgrâce.
1669	*Oraison funèbre d'Henriette de France* par Bossuet.	Maladie et mort.
	Britannicus, tragédie de Racine.	
1670	Mort d'Henriette d'Angleterre (29 juin).	
	Bérénice, tragédie de Racine.	
	Tite et Bérénice, tragédie de Corneille.	Obsèques.
	Première publication des *Pensées* de Pascal.	
1671	Début de la *Correspondance* de Mme de Sévigné.	
	Début de la construction des Invalides.	
1672	Mort du chancelier Séguier, protecteur de l'Académie.	*Sic transit...*
	Bajazet, tragédie de Racine.	
	Louis XIV s'installe à Versailles.	
1673	Première réception publique à l'Académie française (13 janvier).	
	Mithridate, tragédie de Racine.	

Les aînés de Molière et ses cadets

Malherbe (1555)		Pascal (1623) ....
. François de Sales (1567)		Mme de Sévigné (1626) ......
. . Honoré d'Urfé (1568)		Bossuet (1627)...........
. . . Racan (1589)	Molière	Boileau (1636) ....
. . . . Vaugelas (1595)	né en 1622	Racine (1639) ....
. . . . . Balzac (1595?)		La Bruyère (1645)......
. . . . . . Descartes (1596)		Bayle (1647) ....
. . . . Corneille (1606)		Fénelon (1651) ......
. . . . Retz, La Rochefoucauld (1613)		Fontenelle (1657) ...
. . . . La Fontaine (1621)		Saint-Simon (1675).

L'âge du succès

Racine (*Andromaque*) et Hugo (*Hernani*) : vingt-huit ans.
Corneille (*Le Cid*) : trente ans.
Molière (*Les Précieuses ridicules*) : trente-sept ans.
La Fontaine (premier recueil des *Fables*) : quarante-sept ans.
Stendhal, Rimbaud : plusieurs générations après leur mort.

1667 Armande et lui ayant décidé de vivre séparément, Molière loue un appartement dans le village d'Auteuil, afin de s'y reposer en compagnie de Chapelle, de Boileau et du petit Baron, âgé de quatorze ans, dont il fera un comédien.

1667 (5 août). Seconde représentation publique du *Tartuffe*, sous le titre de *l'Imposteur*. Le lendemain, Lamoignon interdit la pièce.

1669 (5 février). Le roi ayant levé l'interdiction de jouer *Tartuffe*, la recette atteint le chiffre record de 2 860 livres.

1669 (23 février). Mort de Jean Poquelin, père de Molière.

1672 (17 février). Mort de Madeleine Béjart, à cinquante-cinq ans, après une longue maladie (elle s'était repentie depuis un certain temps). Lully commence à supplanter Molière dans la faveur royale.

1673 (17 février). **Molière tombe malade** durant la quatrième représentation du *Malade imaginaire* et **meurt** (de tuberculose?) en son logis, rue de Richelieu. « Il passa des plaisanteries du théâtre au tribunal de Celui qui dit : *Malheur à vous qui riez, car vous pleurerez* » (Bossuet). Riche directeur de troupe, héritier de la charge paternelle, il faudra six jours aux hommes de loi pour faire l'inventaire de ses biens.

1673 (21 février, 9 heures du soir). Après intervention du roi auprès de Mgr de Harlay, archevêque de Paris, on enterre le poète de nuit (car il était mort sans avoir renié sa vie de comédien devant un prêtre), au cimetière Saint-Joseph, dans le terrain réservé aux enfants mort-nés (donc non baptisés), « sans autre pompe sinon de trois ecclésiastiques ». Cependant, le même mémorialiste ajoute : « Quatre prêtres ont porté le corps dans une bière de bois, couverte du poêle des tapissiers, six enfants bleus portant six cierges dans six chandeliers d'argent, plusieurs laquais portant des flambeaux de cire allumés »; huit cents personnes, dont Boileau et Chapelle, assistèrent aux funérailles.

1677 (29 mai). Armande épouse le comédien Guérin d'Estriché.

Documents les plus anciens

Les gazettes : *la Muse historique* (1652-1655); *la Muse héroï-comique* (1664-1665); *la Muse royale* (1656-1666); *la Muse de la cour* (1665-1666); *le Mercure galant*, fondé en janvier 1672 par Donneau de Visé.

Élomire hypocondre, comédie en cinq actes de Le Boulanger de Chalussay (1670).

Le registre de La Grange, tenu de 1659 à 1685.

Le registre de La Thorillière.

La Fameuse Comédienne ou histoire de la Guérin, auparavant femme et veuve de Molière (1688).

La Vie de Molière par Grimarest (1705).

Addition à la vie de Molière par Grimarest (1706).

Vie de Molière et Commentaires par Voltaire (1764).

Georges Mongrédien, *Recueil des textes et des documents du XVIIe s., relatifs à Molière*, C. N. R. S., 2 vol., 1966.

Il n'était pas beau. « Les gravures de Brissart en 1682 prouvent qu'il était bas sur jambes, et que le cou très court, la tête trop forte et enfoncée sur les épaules lui donnaient une silhouette sans prestige » (A. Adam, *op. cit.*, III, p. 224).

Cependant, débarrassé de ses oripeaux de comédien, « il se fit remarquer à la Cour pour un homme civil et honnête, ne se prévalant point de son mérite et de son crédit, s'accommodant à l'humeur de ceux avec qui il était obligé de vivre, ayant l'âme belle, libérale, en un mot possédant et exerçant toutes les qualités d'un parfait honnête homme » (Préface de Vinot et La Grange, 1682).

Il portait en scène deux moustaches noires, épaisses et tombantes, comme son maître Scaramouche. Il les supprima en 1666, pour jouer Alceste; les spectateurs furent déçus.

Mime génial, il arrivait en scène les pieds largement ouverts, comme Charlot; « tout parlait en lui, et d'un pas, d'un sourire, d'un clin d'œil et d'un remuement de tête, il faisait plus concevoir de choses que le plus grand parleur n'en aurait pu dire en une heure » (Donneau de Visé).

Esprit parisien, un peu gaulois, il fut « le premier farceur de France », selon Somaize; d'une « charmante naïveté », selon Boileau, « dans les combats d'esprit savant maître d'escrime » (*Satires*, II). « Il n'est bon bec que de Paris », selon le proverbe, mais l'esprit parisien se présente sous des formes variées : narquois et tendre chez Villon; amer et satirique chez Boileau; mondain, épigrammatique chez Voltaire; insolent, persifleur chez Beaumarchais; irrespectueux et rieur chez le jeune Musset. En Molière, l'esprit s'unit au bon sens, selon une tradition bien française. « Nous goûtons chez lui notre plaisir national » (Taine).

Nous n'avons de Molière aucune lettre, aucun manuscrit, et cependant combien de manuscrits possédons-nous qui datent du XVIIe siècle! N'y a-t-il pas là un mystère semblable à celui qui entoure Shakespeare?[1] « Il y a autour de Molière un mystère que personne n'a jamais éclairci. Qui nous dira pourquoi nous n'avons de lui aucune espèce d'autographe, fors sa signature [...]? Il semble qu'il ait souffert, sur la fin de sa vie, d'étranges machinations, qui nous demeureront à jamais inconnues » (Francis Ambrière, *la Galerie dramatique*, 1949, p. 273).

1. Pierre Louÿs (voir *la Nouvelle Revue* du 1er mai 1920) a pu insinuer que Corneille serait l'auteur des pièces auxquelles Molière aurait seulement prêté son nom, et Abel Lefranc a « démontré » que l'auteur des pièces signées par le comédien Shakespeare serait William Stanley, comte de Derby.

MOLIÈRE : SES PRINCIPES

1. Le metteur en scène aurait été approuvé par l'auteur du *Paradoxe sur le comédien* puisque Diderot voulait qu'on joue « de tête » et non d'inspiration : « Chaque acteur sait combien il doit faire de pas, et toutes ses œillades sont comptées » (Donneau de Visé, à propos de *l'École des femmes*).

« Un coup d'œil, un pas, un geste, tout [...] était observé avec une exactitude qui avait été inconnue jusque-là sur les théâtres de Paris » (noté par La Grange sur son précieux carnet de régisseur).

2. L'écrivain voulait instruire et plaire, mais sans s'astreindre à des règles rigoureuses; ses préfaces nous en informent :

1660, préface des *Précieuses ridicules :* « Le public est juge absolu de ces sortes d'ouvrages. » *Les Précieuses* « valent quelque chose puisque tant de gens en ont dit du bien ».

1662, avertissement des *Fâcheux :* « Je tiens aussi difficile de combattre un ouvrage que le public approuve que d'en défendre un qu'il condamne. »

1663, *Critique de l'École des femmes :* « Je me fierais assez à l'approbation du parterre, par la raison qu'entre ceux qui le composent, il y en a plusieurs qui sont capables de juger d'une pièce selon les règles et que les autres en jugent par la bonne façon d'en juger, qui est de se laisser prendre aux choses, et de n'avoir ni prévention aveugle, ni complaisance affectée, ni délicatesse ridicule » (Dorante, sc. 5).

« Vous êtes de plaisantes gens avec vos règles, dont vous embarrassez les ignorants et nous étourdissez tous les jours [...]. Je voudrais bien savoir si la grande règle de toutes les règles n'est pas de plaire » (Dorante sc. 6).

1669, préface de *Tartuffe* : « [...] Les plus beaux traits d'une sérieuse morale sont moins puissants, le plus souvent, que ceux de la satire; et rien ne reprend mieux la plupart des hommes que la peinture de leurs défauts. » Une comédie est « un poème ingénieux qui, par des leçons agréables, reprend les défauts des hommes ».

1682, préface de l'édition complète par Vinot et La Grange : « Jamais homme n'a mieux su que lui [Molière] remplir le précepte qui veut que la comédie instruise en divertissant. »

Le satirique « disait que rien ne lui donnait du déplaisir comme d'être accusé de regarder quelqu'un dans les portraits qu'il fait; que son dessein est de peindre les mœurs sans toucher aux personnes et que tous les personnages qu'il représente sont des personnages en l'air, et des fantômes proprement qu'il habille à sa fantaisie pour réjouir les spectateurs [...] et que si quelque chose était capable de le dégoûter de faire des Comédies, c'était les ressemblances qu'on y voulait toujours trouver, et dont ses ennemis tâchaient malicieusement d'appuyer la pensée pour lui rendre de mauvais offices auprès de certaines personnes à qui il n'a jamais pensé » (*l'Impromptu de Versailles*, sc. 4).

MOLIÈRE : SON ŒUVRE

1. **L'esprit gaulois du Parisien nous a légué 4 farces**[1] **:** *La Jalousie du Barbouillé*, 12 sc. en prose; *le Médecin volant* (jouée par Molière en 1659), 16 sc. en prose; *Sganarelle ou le Cocu imaginaire* (1660), 24 sc. en vers; *le Médecin malgré lui* (1666), 3 actes en prose. La farce faisant « rire le parterre », Molière lui restera fidèle : on en trouve des traces dans les grandes comédies, depuis *les Précieuses* (1659) jusqu'au *Malade imaginaire* (1673).
2. **Le comédien du roi a conçu 15 comédies-ballets** et autres pièces mêlées de chansons et de danses : *Les Fâcheux* (1661), 3 actes en vers; *le Mariage forcé* (1664), comédie jouée d'abord en 3 actes, aujourd'hui faite de 10 sc. en prose sans ballets; *les Plaisirs de l'Ile enchantée* (1664), en trois « journées », et *la Princesse d'Élide*, 5 actes en prose mêlée de vers; *l'Amour médecin* (1665), 3 actes en prose; *Dom Garcie de Navarre ou le Prince jaloux*, comédie héroïque, 5 actes en vers, écrite en 1659, jouée en 1661; *Mélicerte* (1666), comédie pastorale héroïque, 2 actes en vers; *Pastorale comique* (1667), 6 sc. en vers; *le Sicilien ou l'Amour peintre* (1667), 20 sc. en prose; *Monsieur de Pourceaugnac* (1669), 3 actes en prose; *les Amants magnifiques ou Divertissement royal* (1670), 5 actes en prose; *le Bourgeois gentilhomme* (1670), 5 actes en prose; *Psyché*[2] (1671), tragédie-ballet, 5 actes en vers; *la Comtesse d'Escarbagnas* (1671), 9 sc. en prose; *le Malade imaginaire*[3] (1673), 3 actes en prose.
3. **Le polémiste a écrit 2 comédies critiques :** *la Critique de l'École des femmes* (1663), 7 sc. en prose; *l'Impromptu de Versailles* (1663), 11 sc. en prose.
4. **L'acteur n'a pas oublié que l'art dramatique est action** (*drama*), **d'où 4 comédies d'intrigue :** *l'Étourdi ou les Contretemps* (jouée à Lyon en 1653-1655), 5 actes en vers : *le Dépit amoureux* (jouée à Béziers en 1656), 5 actes en vers; *Amphitryon* (1668), 3 actes en vers; *les Fourberies de Scapin* (1671), 3 actes en prose.
5. **Le « rare génie » nous a laissé 9 comédies de mœurs et de caractères :** *les Précieuses ridicules* (1659), 17 sc. en prose ; le succès de cette farce qui s'élève jusqu'à la satire des mœurs peut être comparé à celui du *Cid* (1637) pour Corneille et d'*Andromaque* (1667) pour Racine; *l'École des maris* (1661), 3 actes en vers; *l'École des femmes* (1662), 5 actes en vers; *Dom Juan* (1665), 5 actes en prose; *le Misanthrope* (1666), 5 actes en vers; *George Dandin ou le Mari confondu* (1668), 3 actes en prose; *Tartuffe ou l'Imposteur* (1664 pour 3 actes, puis 1669), 5 actes en vers; *l'Avare* (1668), 5 actes en prose; *les Femmes savantes* (1672), 5 actes en vers.

---

1. On connaît le titre d'un certain nombre de « petits divertissements » par lesquels, en province puis à Paris, Molière achevait ses représentations. Mais on ne sait s'il en fut l'auteur. M. Antoine Adam (III, p. 251) pense que toutes les farces où paraissent Gros-René (*la Jalousie de Gros-René*, 1660; *Gros-René écolier*, 1662), Gorgibus (*Gorgibus dans le sac*, 1661), un médecin (*le Médecin volant*) ou un pédant (*le Docteur pédant*, 1660) sont de Molière. M. A.-J. Guibert

LA COMÉDIE DU « MISANTHROPE »

1. Présentation au public

Comédien du roi, Molière ne conduisit pas son œuvre d'écrivain comme il le voulait car il lui fallait répondre aux caprices du monarque. En septembre 1665, il dut abandonner *le Misanthrope*, dont il avait lu quelques scènes[1] à ses amis l'année précédente, afin d'exécuter la commande d'une comédie-ballet *: l'Amour médecin*. Quand il présenta sa nouvelle pièce au public du Palais-Royal, le 4 juin 1666, les circonstances n'étaient pas favorables : deux jours auparavant, la Cour était partie pour Fontainebleau; le public des « générales », comme nous disons aujourd'hui, était en villégiature. Molière n'aurait-il pas dû attendre? Durant les vacances d'été, nos théâtres font relâche. Outre qu'il n'y avait pas de congés alors, les nécessités d'argent imposaient au directeur de troupe le renouvellement de son répertoire.

L'Amour médecin avait obtenu un vif succès : à l'affiche jusqu'au 6 décembre 1665, il était revenu au programme après les fêtes de Noël jusqu'à la clôture de Pâques. La grande comédie serait-elle accueillie avec la même faveur? « Le théâtre fut désert le troisième jour », affirme Grimarest; « la troisième représentation fut encore moins heureuse que les précédentes. On n'aimait point tout ce sérieux qui est répandu dans cette pièce ». Et M. Adam d'observer (*Hist. de la littér. fr. au XVII*e *s.*, III, p. 305) : « Une tradition bien établie a toujours soutenu que *le Misanthrope* fut un échec. Il a fallu quelques historiens pour dire le contraire. Simple manie de contredire, puisque le registre de La Grange fournit à cette question la moins douteuse des réponses ». Un ancien administrateur de la Comédie Française, M. Pierre-Aimé Touchard formule cependant encore un avis contraire dans l'édition de Molière qu'il a préparée pour le club des Libraires de France (1960) : « L'accueil fut chaleureux, et la pièce fut jouée sans interruption pendant trois semaines avant d'être reprise en septembre ».

Qui croire? Jugeons sur pièces, et d'abord en relevant les recettes. Première représentation : 1 447 livres (seconde = 1 617).

Première de *l'Amour médecin :* 1 966 l.
Première de *Dom Juan :* 2 108 l.
Première de *Tartuffe* : 2 860 l. (chiffre record).

---

a publié en 1960 un *Docteur amoureux* qu'il croit être de Molière et que celui-ci aurait présenté au Louvre le 24 octobre 1658. — 2. Écrite avec la collaboration de Corneille et de Quinault. — 3. Lully ayant obtenu, le 13 mars 1672, un véritable monopole des représentations musicales, défense fut faite à toute troupe de comédiens d'utiliser plus de 6 chanteurs et de 12 instrumentistes. Ainsi Molière se trouva-t-il écarté de la faveur royale et, bien que destiné à la Cour, *le Malade imaginaire* ne fut pas joué devant le roi.

1. Tout le premier acte, chez M. de Broussin, devant Boileau et le duc de Vitry.

Troisième représentation : 886 l.
Troisième de *l'École des femmes :* 1 355 l.
Troisième de *Dom Juan :* 1 700 l.
Dixième représentation : 212 l.
Moyenne des dix premières : 844 l.
Dom Juan (même moyenne) : 1 624 l.
L'École des femmes (moyenne des vingt premières) : 1 100 l.

La cause semble entendue : l'appréciation de Grimarest est fortement exagérée, sans doute, mais il n'y eut qu'un succès d'estime. « Tout Paris » n'eut pas, pour Célimène, les yeux d'Alceste. On achève de s'en convaincre en interrogeant les gazetiers. Huit jours après la Première, *la Gazette* de Loret (mort l'année précédente) publia une *Lettre en vers* célébrant l'importance de la pièce, sa gravité, — ce qui peut être pris pour une restriction à la louange :

Le Misanthrope enfin se joue,
Je le vis dimanche et j'avoue
Que Molière son auteur
N'a rien fait de cette hauteur.
Les expressions en sont belles,
Et vigoureuses et nouvelles.
Le plaisant et le sérieux
Y sont assaisonnés des mieux.
Et ce misanthrope est si sage,
En frondant les mœurs de notre âge,
Que l'on dirait, benoît lecteur,
Qu'on entend un prédicateur.
Aucune morale chrétienne
N'est plus louable que la sienne,
Et l'on connaît évidemment
Que dans son noble emportement,
Le vice est l'objet de sa haine
Et nullement la race humaine.

Cinq jours plus tard, dans sa chronique rimée de *la Muse dauphine*, Subligny se montra moins louangeur, puisqu'il opposait son opinion à celle des gens du monde en ces termes :

Pour changer un peu de discours,
Une chose de fort grand cours
Et de beauté très singulière
Est une pièce de Molière :
Toute la Cour en dit du bien,
Après son *Misanthrope*, il ne faut plus voir rien.
C'est un chef-d'œuvre inimitable;
Mais moi, bien loin de l'estimer,
Je soutiens, pour le mieux blâmer,
Qu'il est fait en dépit du diable.

Cependant, si la pièce par elle-même divisait le public, l'interprétation féminine unit les spectateurs dans la louange, s'il faut en croire Robinet, fielleux ennemi de Molière durant la querelle de *l'École des femmes*. La Molière dans le rôle de Célimène, la Du Parc dans le rôle d'Arsinoé, la De Brie dans le rôle d'Éliante furent au-dessus de tout éloge :

Au reste, chacun des acteurs
Charme et ravit les spectateurs,
Et l'on y peut voir les trois Grâces
Menant leurs Amours sur leurs traces,

Sur le visage et les attraits
De trois objets jeunes et frais,
Molière, Duparc et Debrie;
Allez voir si c'est menterie.

Agée de vingt-quatre ou vingt-cinq ans, Armande Béjart — la Molière — était dans toute sa beauté; l'ayant vue jouer dans l'*Alexandre* de Racine, le 4 décembre précédent, le même gazetier Robinet l'avait ainsi célébrée :

O justes dieux! qu'elle a d'appas!
Et qui pourrait ne l'aimer pas!
Sans rien toucher de sa coiffure
Ni de sa belle chevelure,
Sans rien toucher de ses habits
Semés de perles et de rubis,
Et de toute la pierrerie
Dont l'Inde brillante est fleurie,
Rien n'est si beau, ni si mignon
Et je puis dire tout de bon
Qu'ensemble Amour et la Nature
D'elle ont fait une miniature
Des appas, des grâces et des ris
Qu'on attribuait à Cypris.

2. Raisons du demi-succès

Ne négligeons pas ces louanges hyperboliques, écrites en vers de mirliton : elles aident à comprendre le demi-succès de la comédie. Une note non signée, figurant sur le manuscrit du *Journal* de Dangeau et attribuée à Saint-Simon, porte à croire qu'en peignant Alceste, Molière avait fait le portrait de Montauzier :

> Cette pièce fit grand bruit et eut un grand succès à Paris avant d'être jouée à la Cour. Chacun y reconnut M. de Montauzier, et prétendit que c'était lui que Molière avait en vue. M. de Montauzier le sut et s'emporta jusqu'à faire menacer Molière de le faire mourir sous le bâton. Le pauvre Molière ne savait où se fourrer. Il fit parler à M. de Montauzier par quelques personnes, car peu osèrent s'y hasarder, et ces personnes furent fort mal reçues. Enfin, le roi voulut voir *le Misanthrope* et les frayeurs de Molière redoublèrent étrangement, car Monseigneur allait aux comédies suivi de son gouverneur [1]. Le dénouement fut rare. M. de Montauzier, charmé du *Misanthrope*, se sentit si obligé qu'on l'en eût cru l'objet, qu'au sortir de la comédie il envoya chercher Molière pour le remercier. Molière pensa mourir du message, et ne put se résoudre qu'après bien des assurances réitérées. Enfin, il arriva toujours tremblant chez M. de Montauzier, qui l'embrassa à plusieurs reprises, le loua, le remercia et lui dit qu'*il avait pensé à lui en faisant* le Misanthrope, *qui était le caractère du plus parfaitement honnête homme qui pût être, et qu'il lui avait fait trop d'honneur, et un honneur qu'il n'oublierait jamais*. Tellement qu'ils se séparèrent les meilleurs amis du monde, et que ce fut une nouvelle scène pour la Cour, meilleure encore que celles qui y avaient donné lieu.

1. Le duc de Montauzier (1616-1690) était le gouverneur du Dauphin. Tallemant des Réaux (*Historiettes*, Pléiade, I, p. 465) l'a ainsi présenté : « Il crie, il est rude, il rompt en visière, et s'il gronde quelqu'un, il luy remet devant les yeux toutes les iniquitez passées. Jamais homme n'a tant servy à me guérir de l'humeur de disputer. » Rabutin confirme ce jugement : « Il a disputé toute sa vie contre tout le monde. A présent qu'il ne voit plus personne, il dispute contre la mort. » Le poète Sarasin l'a présenté comme redoutable dans la controverse, « et qui ne veut jamais céder, — Qui ne suit l'avis de personne, — Non pas même de la Sorbonne ».

On a fourni d'autres noms de personnages dont Molière se serait servi pour concevoir son *Misanthrope*. C'est une « pièce à clef », a-t-on prétendu. Mlle De Brie, qui consolait Molière de ses déboires conjugaux, inspira le rôle qu'elle était chargée de jouer : celui de « la sincère Éliante » qui voit Alceste « d'un œil fort doux ». Mlle Molière se devine derrière la trop coquette Célimène, sous le nom de qui elle parut sur la scène avec un parfait naturel. Clitandre représente le duc de Richelieu; Acaste le comte de Guiche. On aperçoit Chapelle derrière le visage de Philinte. Alceste ressemble au Mégabate du *Grand Cyrus* (1649-1653) et, dans ce Mégabate [1], chacun avait reconnu Montauzier. Enfin, qui n'aperçoit, dans Alceste encore, quelques traits empruntés au vieux philosophe La Mothe Le Vayer ou au jeune Boileau?

Mais ce qu'a écrit La Bruyère contre les clefs des *Caractères* peut valoir pour Molière : « J'ai pris un trait d'un côté et un trait d'un autre; et de ces divers traits qui pouvaient convenir à une même personne, j'ai fait des peintures vraisemblables [...] Il faut que mes peintures expriment bien l'homme en général, puisqu'elles ressemblent à tant de particuliers ». Alain a fort bien dit (*Système des Beaux-Arts*, Pléiade, p. 331) que, « dans cette grande salle de spectacle, chacun de nous est mis tout nu sur la scène, mais pour lui seul [...] l'auteur se moque de tous sans jamais blesser personne ». D'ailleurs, si Molière a emprunté quelques traits à droite et à gauche selon son habitude d'observateur, c'est lui-même qu'il a peint, en fait, lui-même qu'il a pris à partie[2], lui-même dont il s'est moqué avec un rire amer; ce sont ses propres problèmes qu'il a exposés au public, en lui laissant entendre qu'ils se posent à tout homme réfléchi et qu'ils ne comportent hélas aucune solution. M. Robert Jouanny l'a bien vu (éd. Garnier, 1959) : « Molière est au cœur d'Alceste. Dans une parfaite lucidité, il le confesse et l'analyse fibre à fibre; nul autre [personnage] n'est vu ainsi par l'intérieur ». Ce qu'Alceste « nous jette désespérément, ce sont les contradictions troubles de son âme ».

Premiers éditeurs de Molière dont ils avaient été les amis, Vinot et La Grange le pressentirent en écrivant, dans une *Préface* célèbre (1682), que Molière avait non seulement « joué tout le monde », mais qu'il s'était « joué le premier en plusieurs endroits sur des

---

1. « Mégabate, quoyque d'un naturel fort violent, est pourtant souverainement équitable [...] Ceux qui cherchent le plus à trouver à reprendre en luy ne l'accusent que de soutenir ses opinions avec trop de chaleur [...] les moindres imperfections le choquent » (*Grand Cyrus*, VII, p. 306 et suiv.).

2. On a observé que Molière utilisait fréquemment les *Je ne dis pas cela* qu'il prête à Alceste (I, 2). Et retenons ce texte de Loiseleur cité par M. Jasinski (*Molière et le Misanthrope*, 1952, p. 113) : à partir de 1664, Molière « s'emportait pour une vétille, lui, l'homme bon, l'homme aimant et pitoyable; il était pris de soudaines et rageuses impatiences; un rien l'exaspérait. Pour un bas mis à l'envers et que Provençal lui mettait du mauvais côté, il décocha un jour un tel coup de pied au valet que le malheureux en tomba à la renverse ».

affaires de sa famille et qui regardaient ce qui se passait dans son domestique ».

Persuadé que *le Divorce comique* (ce fragment d'*Élomire hypocondre* contient un portrait satirique assez précis de Molière et de sa femme) fut composé en 1666 et non en 1669 comme le reste de la pièce, un critique allemand, Auguste Becker a soutenu (*Archiv für das Studium der reverem Sprachen*, 1912) que Molière aurait répliqué à ce *Divorce comique* en faisant lui-même son portrait — mais quasi tragique — dans *le Misanthrope.*

M. Pierre-Aimé Touchard ne serait pas loin de partager ce point de vue puisqu'à M. Jasinski dont les sympathies vont à Philinte, il a répondu : « Pour moi, s'il est quelqu'un de véritablement héroïque dans cette aventure du *Misanthrope*, c'est Molière [...] Molière spectateur de lui-même, et ayant la force de rire soit de ses excès d'indignation et de violence, soit de ses tentations bourgeoises ».

Ainsi s'explique peut-être la désaffection d'un certain public du Palais-Royal pour le chef-d'œuvre de Molière. On vient à la Comédie pour s'amuser de marionnettes vivantes, plus ou moins drôles par leurs attitudes et leurs paroles; on n'y vient pas pour prendre parti dans un drame qui non seulement fend le cœur d'un comédien mais tourmente le couple humain depuis la sortie de l'Éden. Plus nettement qu'aucune autre pièce, *le Misanthrope* fut, selon M. Touchard, à la fois le « journal intime » de Molière, journal écrit « pour voir plus clair dans sa pensée », et « une arme de combat » braquée contre ses détracteurs car « s'il y eut jamais un *écrivain engagé*, ce fut Molière ». Un écrivain de loisir comme Gide put s'analyser presque quotidiennement dans son *Journal*. Le comédien Molière ne pouvait s'analyser que sous le masque de l'histrion. Mais ne nous y trompons pas, poursuit M. Touchard, son *Misanthrope* est « un examen de conscience, où avec ce courage, cette droiture et cet humour que nous ne nous lasserons pas de signaler, Molière se regarde en spectateur, voit ses souffrances mais aussi ses ridicules, et a la noblesse de présenter de Célimène une image séduisante, parfois touchante, et jamais délibérément accusatrice ». Déjà, en 1952, M. Jasinski n'était pas loin de voir (p. 120), dans *le Misanthrope*, « un des chefs-d'œuvre de la littérature personnelle ».

Comment résoudre les contradictions nées de l'amour et du mariage? Tout homme est attiré par la beauté féminine unie à la jeunesse, et l'amour incline à garder jalousement pour soi la femme qui vous les offre. Mais, qu'elles se nomment Armande Béjart, Célimène ou Manon, cette jeunesse et cette beauté sont portées, par nature, à se prodiguer. Si les Arnolphe veulent enfermer leur Agnès et les Alceste leur Célimène, Agnès et Célimène se plaisent à recueillir l'hommage de leurs admirateurs, voire à le provoquer. Est-ce la nature qui a mal fait le couple humain ou Dieu qui l'a puni? Est-ce la société que nous avons mal faite? Du premier au dernier acte, Molière nous torture avec ces questions insolubles. Et il nous laisse sur ces conclusions peu réconfortantes : tant qu'il y aura des hommes passionnément amoureux, il y aura des Alcestes jaloux; tant qu'il y aura des femmes jeunes et jolies, il y aura des Célimènes provocantes; tant qu'il y aura des sociétés humaines, on se battra avec Alceste-Don Quichotte contre les moulins de l'hypocrisie mondaine; et quotidiennement cependant on se reniera pour suivre Philinte dans la voie du réalisme nécessaire, — tantôt indignés contre la lâcheté du conformisme, tantôt moqueurs et quasi méprisants devant la naïveté de la révolte. Molière avait écrit le rôle de Célimène pour Armande. Cette toute jeune femme venait de mettre au monde une petite fille et, insoucieuse de son mari quadragénaire, devenait de plus en plus coquette avec ses admirateurs. « Et tous les soirs, observe M. Touchard, Molière, au moment où la chute du rideau allait le rejeter dans la solitude de la *vie vraie*, voyait disparaître dans la coulisse la jeune femme applaudie. »

Paul Léautaud a bien senti ce drame en faisant allusion (*Le Théâtre de Maurice Boissard*, 1958, II, p. 232) à la lettre brandie par Alceste (v. 1324) : « C'est une histoire qui est arrivée à Molière lui-même. Oui, lui aussi il a tenu dans ses mains la preuve de la trahison, une lettre de sa femme au comte de Guiche, qu'un rival qu'elle avait dédaigné lui avait fait tenir. Il s'emporta. Armande Béjart pleura, niant qu'elle eût écrit cette lettre à un homme. Il pardonna, demandant l'oubli de son emportement. Noble misère de ce grand génie! En le voyant pleurer lui-même, elle se mit à rire, et le lendemain elle rappelait son amant ».

N'allons pas jusqu'à dire que *le Misanthrope* est une tragédie. Mais observons, avec M. Adam (III, p. 354) que, depuis *les Précieuses*, toutes les comédies de Molière tournaient autour « de la farce et de la parade ». Ses personnages principaux étaient de vrais pantins, des schémas sans nuances; « Don Juan lui-même, s'il n'est en aucune façon grotesque, reste une sorte de poupée mécanique ». Alceste était trop complexe, trop nuancé, trop vrai pour répondre aux « goûts du parterre ». Et le sujet de la pièce était trop grave pour une comédie; n'y était pas respectée la sacro-sainte séparation des genres dont Boileau devait formuler la règle :

> Le comique, ennemi des soupirs et des pleurs,
> N'admet point dans ses vers de tragiques douleurs.

3. Publication de la pièce présentée par Donneau de Visé

Le 21 juin 1666, dix-sept jours après la Première, Molière reçut le *Privilège* nécessaire pour la publication. L'*achevé d'imprimer*[1], par Jean Ribou, est du 24 décembre, mais l'ouvrage ne parut en librairie qu'en 1667, précédé d'une *Lettre sur la comédie du Misan-*

1. Dans le *Privilège*, le titre de la pièce était accompagné d'un sous-titre : *ou l'Atrabilaire amoureux*. Pourquoi Molière le supprima-t-il lors de la publication? Plaida-t-il l'atrabile contre l'hypocondrie dont Chalussay devait bientôt l'accuser publiquement?

thrope par Donneau de Visé. On a prétendu que Molière ne fut pas content de cette préface. Futur fondateur (1672) du *Mercure galant* et lui-même auteur dramatique, Jean Donneau de Visé (1638-1710) avait vivement pris parti contre l'auteur de *l'École des femmes*, allant même jusqu'à lancer contre lui l'abominable chanson de « la coquille ». Mais Molière avait pardonné, Donneau était devenu son ami[1]. L'auteur du *Misanthrope* aurait-il préféré une présentation plus générale, une analyse moins pesante de son œuvre, ou une explication orientée vers la polémique? Quoi qu'il en soit de ces hypothèses, voici des extraits de cette longue étude qui orienta les premiers lecteurs de la pièce. Nous soulignons ce qui peut permettre d'imaginer l'opinion de Molière à travers celle de l'auteur.

Les personnages

Molière n'a point voulu faire une comédie pleine d'incidents, mais une pièce, seulement, où il pût *parler contre les mœurs du siècle.* C'est ce qui lui fait prendre pour héros un misanthrope; et comme misanthrope veut dire ennemi des hommes, on doit demeurer d'accord qu'il ne pouvait choisir un personnage qui, vraisemblablement, pût mieux parler contre les hommes que leur ennemi. Ce choix est encore admirable pour le théâtre; et les chagrins, les dépits, les bizarreries et les emportements d'un misanthrope étant des choses qui font un grand jeu, ce caractère est un des plus brillants qu'on puisse produire sur la scène [...]

Philinte. — Comme rien ne fait paraître davantage une chose que celle qui lui est opposée, on peut non seulement dire que l'ami du misanthrope, qui est un *homme sage et prudent,* fait voir dans son jeu le caractère de ce ridicule, mais encore que *l'honneur du misanthrope* fait connaître la *sagesse de son ami* [...]

Célimène. — La maîtresse du misanthrope est une jeune veuve, coquette et tout à fait médisante. Il faut s'écrier ici et admirer l'adresse de l'auteur : ce n'est pas que le caractère ne soit assez ordinaire [...] mais l'on doit admirer que, dans une pièce où Molière veut parler contre les mœurs du siècle et n'épargner personne, il nous fait voir une médisante avec un ennemi des hommes. Je vous laisse à penser si ces deux personnes ne peuvent pas naturellement parler contre toute la terre, puisque l'un hait les hommes et que l'autre se plaît à en dire tout le mal qu'elle en sait [...] Le misanthrope seul n'aurait pu parler contre tous les hommes : mais en trouvant le moyen de le faire aider d'une médisante, c'est avoir trouvé en même temps celui de mettre dans une seule pièce, la dernière main au portrait du siècle.

Arsinoé et les marquis. — Il y est tout entier, puisque nous voyons encore une femme qui veut paraître prude, opposée à une coquette, et des marquis qui représentent la Cour : tellement que dans cette comédie l'on voit tout ce qu'on peut dire contre les mœurs du siècle.

L'acte iv, sc. 3. — Je ne crois pas qu'on puisse *rien voir de plus beau que cette scène.* Elle est *toute sérieuse;* et cependant il y en a peu dans la pièce qui divertissent davantage.

On y voit un portrait, naturellement représenté, de ce que les amants font tous les jours en de semblables rencontres. Le misanthrope paraît d'abord aussi emporté que jaloux; il semble que rien ne peut diminuer sa colère, et que la pleine justification de sa maîtresse ne pourrait qu'avec peine calmer sa fureur. Cependant, admirez l'adresse de l'auteur : *ce jaloux, cet emporté, ce furieux,* paraît tout radouci, il ne parle que du désir qu'il a de faire du bien à sa maîtresse, et, ce qui est admirable, c'est qu'il lui dit toutes ces choses avant qu'elle se soit justifiée et lorsqu'elle lui dit qu'il a raison d'être jaloux. C'est faire voir *ce que peut l'amour sur le cœur de tous les hommes;* et faire connaître

1. En 1667, Molière jouera plusieurs comédies de Donneau : *la Veuve à la mode, l'Accouchée...* Mais en 1669 les deux hommes se brouilleront de nouveau.

en même temps, par une adresse que l'on ne peut assez admirer, *ce que peuvent les femmes sur leurs amants,* en changeant seulement le ton de leur voix, et prenant un air qui paraît ensemble et fier et attirant. Pour moi, je ne puis assez m'étonner quand je vois une coquette ramener, avant que s'être justifiée, non pas un amant soumis et languissant, mais un misanthrope, et obliger non seulement à la prier de se justifier, mais encore à des protestations d'amour qui n'ont pour but que le bien de l'objet aimé; et cependant demeurer ferme après l'avoir ramené, et ne le point éclaircir pour avoir le plaisir de s'applaudir d'un plein triomphe. Voilà ce qui s'appelle manier des scènes; voilà ce qui s'appelle travailler avec art et représenter, avec des traits délicats, *ce qui se passe tous les jours dans le monde. Je ne crois pas que les beautés de cette scène soient connues de tous ceux qui l'ont vu représenter. Elle est trop délicatement traitée,* mais je puis assurer que tout le monde a remarqué qu'elle était bien écrite, et que tous *les hommes d'esprit en ont bien su connaître les finesses.*

CONCLUSION SUR ALCESTE. — Voilà, Monsieur, ce que je pense de *la comédie du misanthrope amoureux,* que je trouve d'autant plus admirable que *le héros en est plaisant sans être trop ridicule,* et qu'*il fait rire les honnêtes gens* sans dire des plaisanteries fades et basses, comme l'on a accoutumé de voir dans des pièces comiques. Celles de cette nature me semblent plus divertissantes, encore que l'on y rie moins haut : et je crois qu'elles divertissent davantage qu'elles attachent, et qu'elles font continuellement rire dans l'âme. *Le misanthrope, malgré sa folie, si l'on peut ainsi appeler son humeur, a le caractère d'un honnête homme, et beaucoup de fermeté,* comme l'on peut connaître dans l'affaire du sonnet. Nous voyons de grands hommes dans des pièces héroïques, qui en ont bien moins, qui n'ont point de caractère, et démentent souvent au théâtre, par leur lâcheté, la bonne opinion que l'histoire a fait concevoir d'eux.
L'auteur ne représente pas seulement le misanthrope sous ce caractère, mais il fait encore parler à son héros d'une partie des mœurs du temps ; et ce qui est admirable, c'est que, *bien qu'il paraisse en quelque façon ridicule,* il dit des choses fort justes. Il est vrai qu'il semble trop exiger; mais il faut demander beaucoup pour obtenir quelque chose; et, pour obliger les hommes à se corriger un peu de leurs défauts, il est nécessaire de les leur faire paraître bien grands. Molière, par une adresse qui lui est particulière, laisse partout deviner plus qu'il ne dit.

4. Interprétation de la pièce par les comédiens

Cette première dissertation due à un connaisseur professionnel nous permet à la fois, et de mieux comprendre ce que nous avons nommé le demi-échec de Molière, et de découvrir la manière dont il se défendait contre Le Boulanger de Chalussay, auteur d'*Élomire hypocondre* — ce qui se passe dans mon ménage « se passe tous les jours dans le monde » —, et de comprendre enfin pourquoi tant d'Alcestes, tant de Célimènes et tant de Philintes ont été conçus par les comédiens chargés de jouer la pièce. Rendant compte de l'ouvrage consacré par M. Maurice Descotes aux *Grands Rôles du théâtre de Molière* (1960), M. Georges Mongrédien s'exprima ainsi : « Les grands rôles de Molière sont si riches qu'ils ont conservé leur vie posthume autonome et qu'à travers eux les grands comédiens ont pu exprimer leur propre personnalité. On peut dire que chaque génération a eu son Alceste, son Tartuffe et son Don Juan [...] Il n'y a qu'une façon de jouer la *commedia dell'arte*, il y en a cent d'interpréter Alceste. »

L'ACTEUR MOLIÈRE, on le sait, se réservait les rôles fortement comiques : Mascarille, Sganarelle, Arnolphe, Moron, Orgon. Une exception : Don Garcie de Navarre, le prince jaloux. Mais une filiation rattache ce personnage héroï-comique à Sganarelle, Arnolphe, Alceste, et les répliques de celui-ci sont parfois, mot pour mot, celles du prince ombrageux. Farceur par vocation, Molière aimait faire rire, fût-ce de lui-même. Il exigeait du vert dans tous ses costumes, couleur propre aux bouffons. Si, avec Célimène, nous appelons Alceste « l'homme aux rubans verts », c'est qu'il fut créé pour déclencher le rire. « Un comédien devient poète, tout en restant comédien : croira-t-on que son activité de comédien ne conditionne pas son activité de poète? » Le bon sens a inspiré cette remarque de M. René Bray. Tête rentrée dans les épaules, ses gros sourcils froncés, roulant les prunelles, poussant des soupirs à fendre l'âme, ponctuant ses phrases d'un « hoquet éternel » que Grimarest ne sut pas expliquer, dans une diction syncopée un peu semblable à celle de Jouvet : ainsi, sans doute, Molière jouait le rôle d'Alceste. Afin d'atténuer la charge, peut-être aussi afin qu'on pensât à lui personnellement, lui le mari d'Armande, le comédien avait supprimé les moustaches tombantes auxquelles il avait habitué son public depuis la création de Sganarelle. On lui en fit grief : Polichinelle n'a pas le droit de supprimer sa bosse et Charlie Chaplin doit demeurer Charlot. Molière s'était rendu populaire en présentant un type de personnage plus ou moins grotesque dont on avait suivi l'évolution dans l'exubérant Mascarille, le niais Sganarelle, Arnolphe... On eût voulu qu'Alceste ne reniât pas cette dérisoire paternité.

Élève favori de Molière (voir p. 11) et chargé du rôle après la mort du maître, BARON (1653-1729) présenta un Alceste tout différent, d'une fierté, d'une élégance inaccessibles à la moquerie. Voulait-il exprimer par là l'estime dans laquelle il tenait celui qui avait su cacher, derrière son rire, une dignité stoïque? Dans les *Je ne dis pas cela* de la scène du sonnet, il mettait une politesse raffinée qui rendait fort sympathique le misanthrope et faisait oublier son atrabile.

Deux siècles plus tard, en 1922, LUCIEN GUITRY faisait de ce misanthrope un véritable stoïcien. Et comme, dans le même temps, JACQUES COPEAU prêtait au personnage la résignation d'un homme accablé par le chagrin, Paul Léautaud put reprocher à ces deux grands acteurs « l'attitude de saule pleureur » qu'ils donnaient à Alceste quand, « au finale de la pièce », ils le faisaient partir « chancelant de chagrin, la main sur les yeux pour cacher ses larmes ».

Comme autrefois Grandval, Pierre Dux voulut réagir contre ces interprétations romantiques : *le Misanthrope* n'est pas un drame mais une comédie.

Au lever du rideau, selon M. Touchard, GRANDVAL « ne traversait pas froidement le théâtre pour aller à l'autre extrémité se jeter dans un fauteuil; il le trouvait sous sa main, au bout de la coulisse, le poussait brusquement sur l'avant-scène, s'y précipitait avec humeur, et ce seul hémistiche *Laissez-moi, je vous prie* ainsi préparé annonçait déjà son caractère ». Dans sa violente impolitesse, il rappelait la brutalité du célèbre MOLÉ (1734-1802) qui, au vers 5, se levait si rageusement qu'il brisait son siège et, non refroidi par ce bris scandaleux, tournait le dos à Philinte.

Suivant cette tradition, PIERRE DUX est apparu en 1947 à M. Jean-Jacques Gautier comme un « taureau qui fonce sur les chiffons rouges des plus minces hypocrisies [...] Son indignation lui montait à la tête. Une fureur un peu bornée était dans son mouvement ».

En cette année 1947, année typique dans la querelle des Alcestes, deux théâtres affichèrent en même temps *le Misanthrope.* Aux Mathurins, dans un décor d'arlequinade, Monique Mélinand et Jean Marchat jouèrent la pièce d'une manière burlesque. Au Français, Pierre Dux et Annie Ducaux prêtèrent à leurs personnages une dignité princière, et la comédienne prit, au dénouement, une attitude de souveraine au royaume de coquetterie, « cette insolence de femme à la mode qui croit tout pouvoir parce qu'elle se permet tout », — attitude que le critique Édouard Fournier eût voulu voir prendre, en 1860, à Madeleine Brohan et que Mlle Mars avait rendue célèbre. Dès le *non* d'Alceste, au v. 1785, elle commençait une profonde révérence qui se poursuivait durant les six vers par lesquels Alceste rompt avec Célimène. Elle se redressait ensuite avec un air de défi et, lançant un coup d'éventail par-dessus son épaule en s'en allant, c'était elle qui semblait donner congé à l'amant marri. Les deux interprétations eurent leurs laudateurs : ainsi s'est trouvée mise en valeur, avec éclat, la richesse foisonnante d'un chef-d'œuvre autour duquel se sont multipliées les gloses.

5. Les imitateurs et continuateurs de Molière peintre du misanthrope

Fabre d'Églantine, *le Philinte de Molière ou la suite du Misanthrope*, comédie jouée en 1790.
Marmontel, *le Misanthrope corrigé*, conte moral.
Sheridan, *School for scandal*, « l'École de la médisance », 1777.
Schiller, *le Misanthrope réconcilié*, pièce inachevée publiée en 1790.
Ibsen, *Un Ennemi du peuple*, 1882.
Georges Courteline, *la Conversion d'Alceste*, 1905.

6. Ouvrages à consulter

Rousseau, *Lettre à d'Alembert sur les spectacles*, 1758.
Voltaire, *Vie de Molière et Commentaires*, 1764.
Chamfort, *Éloge de Molière*, 1769.
Jacques Arnavon, *l'Interprétation de la comédie classique : le Misanthrope*, Plon, rééd. 1943.
René Jasinski, *Molière et « le Misanthrope »*, A. Colin, 1951.
René Bray, *Molière, homme de théâtre*, Mercure de France, 1954.
Maurice Descotes, *les Grands Rôles du théâtre de Molière*, P.U.F. 1960.
Antoine Adam, *Histoire de la littérature française au XVIIe siècle*, 5 vol. 1949-1956.

Ph. © Boyer et Bert-Roger Viollet/T

Leitner (1887-1919)
de la Comédie-Française
dans le rôle
d'ALCESTE

Cécile Sorel
de la Comédie-Française
qui fut, de 1901 à 1933,
« notre Célimène nationale »

Ph. © Reutlinger © Bibl. Nat. Paris/T

SCHÉMA DE LA COMÉDIE

ACTE I sc. 1 Alceste reproche à son ami Philinte le manque de franchise de sa conduite. Alceste exige une sincérité absolue et déteste tous les hommes pour leur méchanceté ou leur hypocrisie. Philinte s'étonne que l'auteur de cette profession de foi ait choisi d'aimer une coquette. — **Cycle d'Alceste**

2 Sur un sonnet dont il est l'auteur,
3 Oronte veut connaître l'opinion d'Al-
ceste ; celui-ci se dérobe et n'arrive
à la franchise que par la colère.

ACTE II sc. 1 Alceste voudrait demander à Céli- — **Cycle de Célimène**
2 mène des explications sur sa coquet-
3 terie, mais il en est empêché par
4 Acaste et Clitandre qui jouent, avec
Célimène, au jeu des portraits. Élian-
te montre comment on peut y jouer
sans calomnier ni médire.
5 Alceste reçoit une convocation du
6 tribunal des Maréchaux, suite de sa
querelle avec Oronte.

ACTE III sc. 1 Chacun se croyant seul aimé de Célimène, Acaste et Clitandre se découvrent rivaux et organisent un « match ».

2 Arrivée d'Arsinoé qui rapporte à
3 Célimène tout ce qu'on dit sur son
4 compte ; celle-ci, par un persiflage
improvisé, l'emporte sur sa rivale.
5 Arsinoé tente de détourner Alceste
de Célimène.

ACTE IV sc. 1 Éliante et Philinte parlent de leur ami Alceste. Éliante avoue qu'elle l'aime. Sans rien tenter contre cet amour, Philinte révèle sa propre inclination. — **Cycle d'action finale**

2 Se croyant trahi par Célimène, Al-
3 ceste offre sa main à Éliante. Céli-
4 mène arrive, Alceste l'accuse de trahison, mais elle retourne la situation en accusant Alceste de la mal aimer.

ACTE V SC. 1 Furieux d'avoir perdu son procès, Alceste annonce son désir de se retirer du monde.

2 Oronte veut obliger Célimène à choi-
3 sir entre ses soupirants. Acaste pro-
4 duit une lettre de Célimène révélant qu'elle s'est jouée de tous. Acaste et Clitandre l'accablent de leur mépris. Alceste pardonne si elle consent à vivre seule avec lui. Elle refuse. Éliante et Philinte s'accordent. Alceste cherchera un « endroit écarté » où il puisse vivre en « homme d'honneur ».

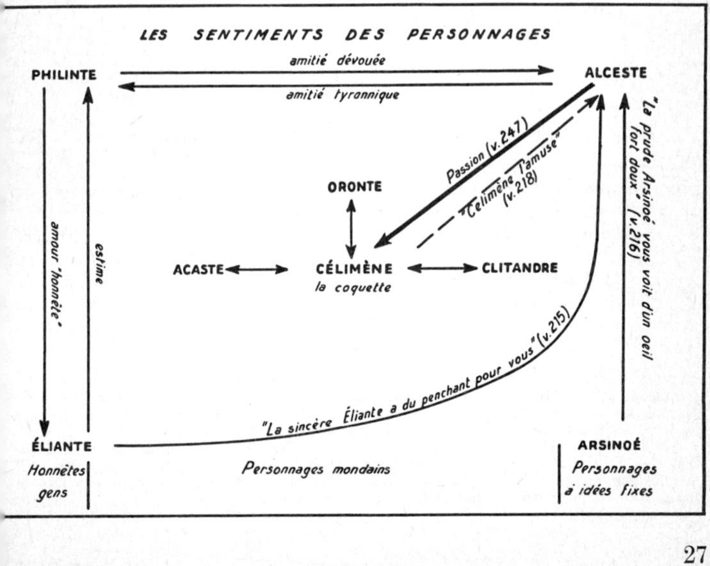

DISTRIBUTION

LES PERSONNAGES	*LES ACTEURS*
ALCESTE[1], amant de Célimène.	*Molière.*
PHILINTE, ami d'Alceste.	*La Thorillière :* élégant comédien ayant de beaux yeux et de belles dents.
ORONTE[2], amant de Célimène.	*Du Croisy :* entré dans la troupe à Pâques 1659.
CÉLIMÈNE, amante d'Alceste.	*Mlle Molière.*
ÉLIANTE, cousine de Célimène.	*Mlle De Brie :* entrée dans la troupe à Pâques 1659.
ARSINOÉ, amie de Célimène.	*Mlle Du Parc :* très belle fille de saltimbanques, entrée en 1653.
CLITANDRE[3], marquis.	*La Grange :* entré en 1659, à l'âge de vingt ans; régisseur.
ACASTE, marquis.	
BASQUE, valet de Célimène.	
UN GARDE de la maréchaussée de France.	*De Brie.*
DU BOIS valet d'Alceste.	*Louis Béjart,* dit l'Éguisé, boiteux.

La scène est à Paris, dans la maison de Célimène.

Décor (d'après le Mémoire de Mahelot) : « Le théâtre est une chambre. Il faut une chaise [voir le v. 1], trois lettres [ou feuilles de papier, l'une pour Oronte au v. 314, l'autre pour Alceste aux v. 1324 et 1338, la dernière pour Acaste au v. 1687], des bottes [pour Du Bois au v. 1436]. »

Costume de Molière (d'après l'inventaire fait après sa mort) : « Haut-de-chausses et juste-au-corps de brocart rayé or et soie gris, doublé de tabis[4], garni de rubans verts; la veste de brocart d'or; les bas de soie et jarretières. »

---

1. *Alceste* est formé d'une racine grecque et peut se traduire par : le bourru; *Philinte* signifie : le gentil garçon. — 2. Le nom d'Oronte est porté par un personnage de *l'École des femmes,* père d'Horace, et dans *Monsieur de Pourceaugnac* par le père de Julie. — 3. Le nom de Clitandre est porté par un personnage de *l'Amour médecin,* amant de Lucinde, dans *George Dandin* par l'amoureux d'Angélique, dans *les Femmes savantes* par l'amant d'Henriette. — 4. « Gros taffetas qui a passé sous la calandre. On l'applique sur un cylindre où il y a plusieurs ondes gravées, ce qui rend la superficie de l'étoffe inégale et plus enfoncée en un endroit qu'en l'autre, et fait réfléchir à nos yeux la lumière différemment » (*Dict. de Furetière,* 1690).

LE MISANTHROPE

COMÉDIE
REPRÉSENTÉE POUR LA PREMIÈRE FOIS A PARIS
SUR LE THÉATRE DU PALAIS-ROYAL
LE 4e DU MOIS DE JUIN 1666
PAR LA
TROUPE DU ROI

ACTE PREMIER

SCÈNE PREMIÈRE. — PHILINTE, ALCESTE.

PHILINTE. — Qu'est-ce donc? Qu'avez-vous?
ALCESTE. — Laissez-moi, je vous prie[1].
PHILINTE. — Mais encor, dites-moi, quelle bizarrerie...
ALCESTE. — Laissez-moi là, vous dis-je, et courez vous cacher.
PHILINTE. — Mais on entend les gens, au moins, sans se fâcher.
ALCESTE. — Moi, je veux me fâcher, et ne veux point entendre.
PHILINTE. — Dans vos brusques chagrins[2] je ne puis vous comprendre,
Et, quoique amis, enfin, je suis tout des premiers...

ALCESTE, *se levant brusquement.*
— Moi, votre ami? Rayez cela de vos papiers[3].
J'ai fait jusques ici profession de l'être;
Mais après ce qu'en vous je viens de voir paraître,
Je vous déclare net que je ne le suis plus,
Et ne veux nulle place en des cœurs corrompus.

PHILINTE. — Je suis donc bien coupable, Alceste, à votre compte[4]?

---

1. D'après les estampes placées en tête des éditions de 1667 et 1682, voici quelle pouvait être la mise en scène : assis sur une chaise, Alceste tournait la tête vers Philinte, debout à sa droite, puis, au v. 8, se levait avec brusquerie. A la fin du XVIIIe s., le célèbre acteur Molé (1734-1802) se levait si brutalement qu'il brisait le siège où il s'était assis en tournant le dos à Philinte (voir aussi p. 22 et suiv.) — 2. Chagrins : « aigreur colère dépit » (*Dict. de l'Acad*, 1762). — 3. Métaphore courante alors; on disait aussi : « rayez cela de dessus vos papiers » (*Dic. de l'Acad.*, 1694). — 4. Dans les éditions antérieures à 1710 — ainsi dans l'édition de 1682 qui nous a servi de base — le mot était orthographié *conte* car on confondait les deux mots.

ALCESTE. — Allez, vous devriez mourir de pure honte;
Une telle action ne saurait s'excuser,
Et tout homme d'honneur s'en doit scandaliser.
Je vous vois accabler un homme de caresses[1],
Et témoigner pour lui les dernières[2] tendresses,
De protestations, d'offres et de serments
Vous chargez la fureur de vos embrassements[3];
Et quand je vous demande après quel est cet homme,
A peine pouvez-vous dire comme[4] il se nomme;
Votre chaleur pour lui tombe en vous séparant,
Et vous me le traitez, à moi, d'indifférent.
Morbleu[5] ! c'est une chose indigne, lâche, infâme,
De s'abaisser ainsi jusqu'à trahir son âme;
Et si, par un malheur, j'en avais fait autant,
Je m'irais, de regret, pendre tout à l'instant.

PHILINTE. — Je ne vois pas, pour moi, que le cas soit pendable,
Et je vous supplierai d'avoir pour agréable
Que je me fasse un peu grâce sur votre arrêt[6],
Et ne me pende pas pour cela, s'il vous plaît.

ALCESTE. — Que la plaisanterie est de mauvaise grâce!

PHILINTE. — Mais, sérieusement, que voulez-vous qu'on fasse?

ALCESTE. — Je veux qu'on soit sincère, et qu'en homme d'honneur
On ne lâche aucun mot qui ne parte du cœur.

PHILINTE. — Lorsqu'un homme vous vient embrasser avec joie,
Il faut bien le payer de la même monnoie[7],
Répondre comme on peut à ses empressements,
Et rendre offre pour offre et serments pour serments.

ALCESTE. — Non, je ne puis souffrir cette lâche méthode
Qu'affectent la plupart de vos gens à la mode;
Et je ne hais rien tant que les contorsions
De tous ces grands faiseurs de protestations[8],
Ces affables donneurs[9] d'embrassades frivoles,
Ces obligeants diseurs d'inutiles paroles,

---

1. Démonstrations d'amitié dont Molière s'était moqué dans *les Précieuses ridicules* (sc. 5). — 2. Les plus grandes tendresses. — 3. On ne se serrait pas la main, on ouvrait les bras (voir *les Précieuses ridicules*, sc 11,et *les Fâcheux*, v. 99-102); cette habitude spectaculaire — déjà raillée au XVIe s. par Montluc et Montaigne — était si répandue qu'elle troublait parfois le service divin ou le sermon. — 4. Comment : voir aussi le v. 1462; selon Vaugelas, on peut dire « *comme* et *comment*, par exemple *vous savez comme il faut faire* et *comment il faut faire* ». — 5. Jurer par le nom du Seigneur étant interdit par l'Église, on tourna l'interdiction en transformant *Dieu* en *bleu* dans *Morbleu* (par la mort de Dieu), *Parbleu, Corbleu* (par le corps de Dieu), *Têtebleu* (par la tête de Dieu). — 6. Arrêt de justice, Alceste venant de condamner Philinte à la pendaison, — mais un coléreux peut-il entendre plaisanterie? — 7. Prononcer *oué* dans les deux mots à la rime; on disait alors : le *roué* (pour : le roi); voir p. 113, n. 1. — 8. Voir le v. 20. — 9. Les rimes intérieures à l'hémistiche : *faiseurs, donneurs, diseurs,* accentuent la violence du langage d'Alceste.

Qui de civilités avec tous font combat,
Et traitent du même air[1] l'honnête homme et le fat.
Quel avantage a-t-on qu'un homme vous caresse,
Vous jure amitié, foi, zèle, estime, tendresse,
Et vous fasse de vous un éloge éclatant,
Lorsqu'au premier faquin[2] il court en faire autant?
Non, non, il n'est point d'âme un peu bien située[3]
Qui veuille d'une estime ainsi prostituée;
Et la plus glorieuse a des régals[4] peu chers
Dès qu'on voit qu'on nous mêle avec tout l'univers.
Sur quelque préférence une estime se fonde,
Et c'est n'estimer rien qu'estimer tout le monde.
Puisque vous y donnez[5], dans ces vices du temps,
Morbleu! vous n'êtes pas pour[6] être de mes gens;
Je refuse d'un cœur la vaste complaisance
Qui ne fait de mérite aucune différence;
Je veux qu'on me distingue; et, pour le trancher net,
L'ami du genre humain n'est point du tout mon fait[7].

1. De la même manière (voir les v. 900 et 1351). — 2. De l'italien *facchino*, portefaix. — 3. Élevée (cf. un site élevé). — 4. Un régal est une fête digne d'un roi. — 5. Vous vous sentez porté vers les vices (tour approuvé par le P. Bouhours en 1671). — 6. Vous n'êtes pas fait pour être. — 7. Prononcer le *t* final dans *net* et *fait*.

- **L'action** — Très brèves au début, hémistiche pour hémistiche (v. 1), vers pour vers (v. 2-3, 4-5), les répliques s'allongent à mesure qu'Alceste s'échauffe (v. 8-12 et 14-28 : première déclaration de principe).
- **Les caractères** — Philinte (l'Amical, le Gentil Garçon) interroge poliment, à cinq reprises : v. 1 (deux interrog.), 2, 13, 34. Alceste (le Brutal, le Bourru) affirme sa volonté sans tenir compte de celle d'autrui : quatre impératifs de commandement : v. 1, 3 (deux impér.), 8; trois indicatifs de volonté : v. 5 (deux indic.), 12 et 35; un juron : v. 25.
- **L'art classique** — Au théâtre ou dans le roman, la colère s'exprime aujourd'hui par des propos désordonnés, des phrases inachevées. Or, Alceste ordonne son discours en quatre parties : déclaration de principe, question, réponse, conclusion. Pourquoi?

① Boileau répond en évoquant les exigences de l'art dans ce distique que vous commenterez :

> Il n'est pas de serpent ni de monstre odieux
> Qui, par l'art imité, ne puisse plaire aux yeux.
> *L'Art poétique*, ch. III, v. 1-2

② « Le XVIIe siècle tout entier tend vers la litote », selon André Gide (la litote consiste à exprimer beaucoup en disant peu : *Va, je ne te hais point*, dit Chimène à Rodrigue). Or, Alceste multiplie les hyperboles (figure contraire : *je t'adore*, dirait une Chimène moderne), aux v. 14, 15, 16, 18, 20, 25, 28. Est-ce le fait d'un « honnête homme »?

③ Étudiez l'esprit négateur d'Alceste : v. 41, 43, 53, 58, 60, 61.

PHILINTE. — Mais quand on est du monde, il faut bien que l'on rende
Quelques dehors civils[1] que l'usage demande.

ALCESTE. — Non, vous-dis je; on devrait châtier sans pitié
Ce commerce honteux de semblants d'amitié.
Je veux que l'on soit homme, et qu'en toute rencontre[2]
Le fond de notre cœur dans nos discours se montre;
Que ce soit lui qui parle, et que nos sentiments
Ne se masquent jamais sous de vains compliments.

PHILINTE. — Il est bien des endroits[3] où la pleine franchise
Deviendrait ridicule et serait peu permise;
Et parfois, n'en déplaise à votre austère honneur,
Il est bon de cacher ce qu'on a dans le cœur.
Serait-il à propos et de la bienséance
De dire à mille gens tout ce que d'eux on pense?
Et, quand on a[4] quelqu'un qu'on hait ou qui déplaît,
Lui doit-on déclarer la chose comme elle est?

ALCESTE. — Oui.

PHILINTE. — Quoi! vous iriez dire à la vieille Émilie
Qu'à son âge il sied mal de faire la jolie,
Et que le blanc[5] qu'elle a scandalise chacun?

ALCESTE. — Sans doute[6].

PHILINTE. — A Dorilas, qu'il est trop importun,
Et qu'il n'est à la cour oreille qu'il ne lasse
A conter sa bravoure et l'éclat de sa race[7]?

ALCESTE. — Fort bien.

PHILINTE. — Vous vous moquez.

ALCESTE. — Je ne me moque point,
Et je vais n'épargner personne sur ce point.
Mes yeux sont trop blessés, et la cour et la ville[8]
Ne m'offrent rien qu'objets[9] à m'échauffer la bile[10];

---

1. Marques extérieures de politesse. — 2. Conjoncture, et non rencontre de deux personnes. — 3. Circonstances. — 4. Le verbe avoir est employé avec le même sens dans *Monsieur de Pourceaugnac* (II, 2) : « Vous *avez*, Monsieur, un certain M. Pourceaugnac qui doit épouser votre fille ». — 5. Fard utilisé pour masquer les rides. — 6. Sans aucun doute (forme emphatique et non forme dubitative). — 7. Rime mauvaise pour l'oreille (une longue, une brève), mais la prononciation était indécise et, depuis 1660, on n'accordait plus guère d'importance à la rime; de la Rime et de la Raison, ces deux sœurs jumelles selon Vigneul-Marville (1634-1704), on commençait à préférer la seconde (qui triomphera au Siècle des Lumières). — 8. Distinction courante alors (voir les titres de chapitres dans *les Caractères* de La Bruyère) entre Versailles et Paris. — 9. Sens étymologique : ce qui est *jeté* devant le regard. — 10. Ne pas oublier qu'Alceste est atrabilaire (voir p. 20) et que, selon l'antique médecine, le caractère est déterminé par les quatre humeurs (sang, lymphe — ou flegme dont Ambroise Paré a écrit : « le flegme rend l'homme endormi, paresseux et gras » —, bile jaune, bile noire), la bile n'engendrant pas la « bonne humeur » mais la colère, et l'atrabile ou bile noire (latin *ater*) engendrant la mélancolie (grec *mélaina kholê*, bile noire). Cette doctrine des quatre humeurs, due à Galien (129-201?) ne s'effacera devant des conceptions nouvelles qu'à la fin du XVIIIe s.

J'entre en une humeur noire, en un chagrin[1] profond,
Quand je vois vivre entre eux les hommes comme ils font;
Je ne trouve partout que lâche flatterie,
Qu'injustice, intérêt, trahison, fourberie[2];
Je n'y puis plus tenir, j'enrage, et mon dessein
Est de rompre en visière[3] à tout le genre humain.

PHILINTE. — Ce chagrin philosophe[4] est un peu trop sauvage.
Je ris des noirs accès où je vous envisage,
Et crois voir en nous deux, sous mêmes soins nourris[5],
Ces deux frères que peint *l'École des maris*[6],
Dont...

ALCESTE. — Mon Dieu! laissons là vos comparaisons fades.

PHILINTE. — Non, tout de bon, quittez toutes ces incartades.
Le monde par vos soins ne se changera pas;
Et puisque la franchise a pour vous tant d'appas,
Je vous dirai tout franc que cette maladie,
Partout où vous allez, donne la comédie,
Et qu'un si grand courroux contre les mœurs du temps
Vous tourne en ridicule auprès de bien des gens.

---

1. Voir p. 29, n. 2. — 2. Quatre noms de chacun trois syllabes font un parfait quadrimètre et l'accentuation mécanique de la troisième syllabe ponctue la colère. — 3. Viser de sa lance la visière du casque ennemi (défaut de la cuirasse) afin de la faire sauter. — 4. Justifié par une philosophie. — 5. Il y a des nourritures intellectuelles et spirituelles : voir *les Nourritures terrestres* de Gide. — 6. Ariste et Sganarelle, présentés en 1661.

- **Les caractères** — Un « honnête homme » oppose rarement sa personnalité aux autres car, cherchant à plaire, il se conforme au goût général. Or, dans les v. 87-96, ALCESTE utilise treize pronoms personnels ou adjectifs possessifs de la première personne, et il en utilisera cinq aux v. 109-112. Certes, PHILINTE emploie le *je* (v. 98, 105) ; mais il s'en excuse (v. 104-105) et ne le renforce pas à l'aide de procédés hyperboliques comme les *ne que* des v. 90 et 93, les adjectifs des v. 91 et 114, les verbes du v. 95 : observez ses expressions impersonnelles dans les v. 65, 73, 76, 77, 79, 80.
- **Les thèses** — Lorsque le philosophe confronte ce qu'il observe, chez l'homme et dans la société, avec le parfait qu'il a conçu, l'idéal, il peut sombrer dans l'amertume, s'indigner ou se réfugier dans un scepticisme souriant. Molière connut les trois attitudes. Il en personnifie deux ici. Son Alceste reflète d'ailleurs une certaine tendance de l'époque : comme le poète Segrais (1624-1701), il regrette la simplicité, les *vertus des vieux âges* (v. 153) et s'attaque aux mœurs de la Cour qui, selon Segrais, « altèrent si souvent la candeur et la sincérité des mœurs » : voir *les Caractères et les mœurs*, p. 103.
① Comparez l'orgueil d'Alceste et l'orgueil exprimé par Rousseau aux premières pages de ses *Confessions*.
② Imaginez-vous un Philinte gras, comme nous invite à le voir Ambroise Paré (voir la n. 10, p. 32)?

ALCESTE. — Tant mieux, morbleu[1]! tant mieux, c'est ce que je [demande;
Ce m'est un fort bon signe, et ma joie en est grande :
Tous les hommes me sont à tel point odieux,
Que je serais fâché d'être sage à leurs yeux[2].

PHILINTE. — Vous voulez un grand mal à la nature humaine!

ALCESTE. — Oui, j'ai conçu pour elle une effroyable haine.

PHILINTE. — Tous les pauvres mortels, sans nulle exception,
Seront enveloppés dans cette aversion?
Encore en est-il bien, dans le siècle où nous sommes...

ALCESTE. — Non, elle est générale, et je hais tous les hommes:
Les uns parce qu'ils sont méchants et malfaisants,
Et les autres pour être aux méchants complaisants[3],
Et n'avoir pas pour eux ces haines vigoureuses
Que doit donner le vice aux âmes vertueuses[4].
De cette complaisance on voit l'injuste excès
Pour le franc[5] scélérat avec qui j'ai procès;
Au travers de son masque on voit à plein le traître;
Partout il est connu pour tout ce qu'il peut être,
Et ses roulements d'yeux et son ton radouci[6]
N'imposent qu'à des gens qui ne sont point d'ici.
On sait que ce pied plat[7], digne qu'on le confonde,
Par de sales emplois s'est poussé dans le monde,
Et que par eux son sort, de splendeur revêtu,
Fait gronder le mérite et rougir la vertu[8].
Quelques titres honteux qu'en tous lieux on lui donne,
Son misérable honneur ne voit pour lui personne;
Nommez-le fourbe, infâme, et scélérat maudit,
Tout le monde en convient et nul n'y contredit.
Cependant sa grimace[9] est partout bien venue;
On l'accueille, on lui rit, partout il s'insinue,
Et, s'il est, par la brigue, un rang à disputer[10],
Sur le plus honnête homme[11] on le voit l'emporter.

---

1. Voir p. 30, n. 5. — 2. Le mépris d'Alceste pour le jugement d'autrui atteint ici son paroxysme. — 3. Indulgents. — 4. Timon d'Athènes, philosophe du ve s. av. J.-C., avait été si bien aigri par les malheurs de sa patrie, la perte de sa fortune, l'abandon de ses amis, qu'on le surnommait « le Misanthrope »; il justifiait sa misanthropie de la même manière qu'Alceste : « Les méchants, c'est à bon droit que je les hais; les autres, je les hais de ne point haïr les méchants ». — 5. Parfait. — 6. Mielleux. — 7. « Un gueux, un rustre » (*Dict. de Furetière*, 1690); allant à la ville, Perrette avait laissé ses sabots et, « pour être plus agile » chaussé des « souliers plats », les seuls qu'eût alors une paysanne. — 8. Observer les allitérations en *r* qui orchestrent le verbe *gronder*. — 9. « Feinte, hypocrisie » (*Dict. de Furetière*, 1690). — 10. Ainsi, dans *le Cid*, Don Gormas et Don Diègue se sont disputé l'honneur de devenir « gouverneur du prince de Castille ». — 11. Sens classique : homme noble, dont la noblesse d'âme vaut la noblesse de titre.

Têtebleu[1] ! ce me sont de mortelles blessures
De voir qu'avec le vice on garde des mesures;
Et parfois il me prend des mouvements[2] soudains
De fuir dans un désert[3] l'approche des humains.

1. Voir p. 30, n. 5. — 2. Une émotion est un mouvement (cf. l'anglais *motion*), comme toutes les « affections de l'âme » (*Dict. de l'Acad.* 1694); le mot commençant à vieillir, Corneille le remplaça par le mot *sentiment* lorsqu'en 1660 (année de ses *Discours* et de ses *Examens*) il revisa ses œuvres en vue d'une publication nouvelle. — 3. Habitation située à la campagne, dans un endroit écarté : il existe encore, près de la Grande-Chartreuse, un lieu nommé « le désert ».

- **Les thèses** — Alceste prononce un réquisitoire contre l'humanité. Comparez-le à celui qu'a répandu Rousseau dans toute son œuvre, en particulier dans la *Lettre à d'Alembert sur les spectacles* où figure un véritable plaidoyer en faveur d'Alceste.
Demandez-vous si Molière, qui a ridiculisé sur la scène la pauvre humanité, ne partageait pas un peu les opinions de son personnage. Mais observez tout ce qui distingue une satire d'un réquisitoire; et demandez-vous si le sourire railleur du grand comique peut être confondu avec la colère irascible d'Alceste.

- **L'art classique** — Étudiez la construction du réquisitoire, étonnante pour ceux qui croient que l'art doit copier le réel :
— introduction : 5 vers;
— développement fondé sur l'exemple du scélérat : 18 vers;
— conclusion : 4 vers.

- **Les mœurs** — Les chagrins d'Alceste dans la sc. 1 rappellent ceux que le vieux philosophe La Mothe le Vayer, ami de Molière, avait exprimés en 1661 dans sa *Prose chagrine :* « D'où vient que le chagrin me fait aujourd'hui trouver à redire presque à tout, et qu'il se passe peu de choses, soit dans l'ordre ecclésiastique, soit dans celui de la Justice, soit dans celui des finances, où je ne trouve beaucoup à reprendre? »

① Selon La Bruyère, l'honnête homme doit faire en sorte que les autres soient contents de lui et d'eux-mêmes. Étudiez le comportement des personnages du *Misanthrope* en fonction de cette maxime. Puis demandez-vous si celui qui gronde les autres et ainsi les mécontente ne cherche pas, lui aussi, à les rendre heureux.

② Quelles réflexions vous suggère la parfaite symétrie du réquisitoire fait par Alceste? Le développement n'est-il pas fait d'une courte introduction et de trois parties égales? Comparez cette construction avec la construction architecturale (palais et jardins) de l'époque.

③ La plaidoirie de Philinte en faveur de l'humanité figure à la page suivante. Qui l'emporte, selon vous, de l'accusateur ou du défenseur?

④ Commentez ces réflexions d'André Gide (*Journal*, 7 avril 1929) : « La sagesse résignée d'un Philinte, si Molière n'avait connu qu'elle, il ne mériterait pas de nous occuper; ou du moins j'aime à sentir que cette résignation même ne va pas sans quelque regimbement. »

⑤ Étudiez ce que le langage de Philinte et celui d'Alceste nous apprennent sur ces personnages.

PHILINTE. — Mon Dieu, des mœurs du temps mettons-nous moins en peine,
Et faisons un peu grâce à la nature humaine;
Ne l'examinons point dans la grande[1] rigueur,
Et voyons ses défauts avec quelque douceur.
Il faut, parmi le monde, une vertu traitable[2];
A force de sagesse on peut être blâmable;
La parfaite raison fuit toute extrémité,
Et veut que l'on soit sage avec sobriété[3].
Cette grande roideur des vertus des vieux âges
Heurte trop notre siècle et les communs usages;
Elle veut aux[4] mortels trop de perfection :
Il faut fléchir au temps sans obstination,
Et c'est une folie à nulle autre seconde
De vouloir se mêler de corriger le monde.
J'observe, comme vous, cent choses tous les jours,
Qui pourraient mieux aller, prenant un autre cours;
Mais, quoi qu'à chaque pas je puisse voir paraître,
En courroux, comme vous, on ne me voit point être;
Je prends tout doucement les hommes comme ils sont,
J'accoutume mon âme à souffrir ce qu'ils font,
Et je crois qu'à la cour, de même qu'à la ville,
Mon flegme[5] est philosophe[6] autant que votre bile.

ALCESTE. — Mais ce flegme, Monsieur, qui raisonnez[7] si bien,
Ce flegme pourra-t-il ne s'échauffer de rien?
Et s'il faut, par hasard, qu'un ami vous trahisse,
Que pour avoir vos biens on dresse un artifice[8],
Ou qu'on tâche à[9] semer de méchants bruits de vous,
Verrez-vous tout cela sans vous mettre en courroux?

PHILINTE. — Oui, je vois ces défauts, dont votre âme murmure,
Comme vices unis à l'humaine nature;
Et mon esprit enfin n'est pas plus offensé
De voir un homme fourbe, injuste, intéressé,
Que de voir des vautours affamés de carnage,
Des singes malfaisants et des loups pleins de rage[10]

1. Avec une grande rigueur. — 2. Qui accepte des accommodements. — 3. Interprétant à sa manière la parole de Saint Paul dans une épître aux Romains (chap. XII, verset 3) Montaigne avait écrit (*Essais* I, 30) : « Ne soyez pas plus sages qu'il ne faut, mais soyez sobrement sages ». — 4. Chez les mortels. — 5. L'une des quatre humeurs, encore nommée lymphe et définie p. 32, n. 10. — 6. Voir p. 33, n. 4. — 7. Variante (1667) : « qui *raisonne* ». — 8. « *Artifice* signifie aussi *fraude* » (*Dict. de Furetière*, 1690). — 9. Construction courante au XVIIe s. pour : *tâcher de;* voir *Tartuffe* (v. 1144) : « Je vois qu'envers mon frère on *tâche* à me noircir. » — 10. Chaque espèce est définie dans son « essence » et l'espèce humaine par la méchanceté (voir les v. 119 et suiv.). La Bruyère aura la même opinion que Philinte : « Ne nous emportons point contre les hommes [...] ils sont ainsi faits, c'est leur nature. »

ALCESTE. — Je me verrai trahir, mettre en pièces, voler,
Sans que je sois... Morbleu ! je ne veux point parler,
Tant ce raisonnement est plein d'impertinence.

PHILINTE. — Ma foi! vous ferez bien de garder le silence.
Contre votre partie[1] éclatez un peu moins,
Et donnez au procès une part de vos soins.

ALCESTE. — Je n'en donnerai point, c'est une chose dite.

PHILINTE. — Mais qui voulez-vous donc qui pour vous sollicite[2]?

ALCESTE. — Qui je veux? La raison, mon bon droit, l'équité.

PHILINTE. — Aucun juge par vous ne sera visité[3]?

ALCESTE. — Non. Est-ce que ma cause est injuste ou douteuse?

PHILINTE. — J'en demeure d'accord; mais la brigue est fâcheuse,
Et...

ALCESTE. — Non, j'ai résolu de ne pas faire un pas.
J'ai tort ou j'ai raison.

PHILINTE. — Ne vous y fiez pas.

ALCESTE. — Je ne remuerai point.

PHILINTE. — Votre partie[4] est forte
Et peut, par sa cabale, entraîner...

ALCESTE. — Il n'importe.

PHILINTE. — Vous vous tromperez.

ALCESTE. — Soit, j'en veux voir le succès[5].

PHILINTE. — Mais...

ALCESTE. — J'aurai le plaisir de perdre mon procès.

PHILINTE. — Mais enfin...

ALCESTE. — Je verrai, dans cette plaiderie[6],
Si les hommes auront assez d'effronterie,
Seront assez méchants, scélérats et pervers,
Pour me faire injustice aux yeux de l'univers.

PHILINTE. — Quel homme !

---

1. « *Partie*, en termes de Palais [de justice], se dit de tous les plaideurs » (***Dict. de Furetière***, 1690). — 2. Travaille « avec empressement à faire réussir une affaire » (***Dict. de Furetière***, 1690). — 3. Chicaneau (Racine, *les Plaideurs*, I, 6) s'exprime ainsi : « Prends-moi dans mon clapier trois lapins de garenne — Et chez mon procureur porte-les ce matin ». On sollicitait ainsi les juges en leur offrant des cadeaux, des « épices ». A la fin du XVIIIe s., Beaumarchais offrira encore une montre et de l'argent à la femme du Conseiller Goezman, chargé d'une affaire qui opposait Beaumarchais au comte de La Blache. — 4. Voir la n. 1. — 5. « Issue d'une affaire » (***Dict. de Furetière***, 1690); voir le v. 1491. — 6. Terme méprisant pour : *procès*.

- **Les thèses** — Alceste soulève une grave question (v. 187). Que devrait être la Justice? La servante de la raison, du droit, du juste. Qu'est-elle (v. 186, 188, 194)? La servante de l'argent et de la puissance (voir La Fontaine, *les Animaux malades de la peste*).

① Alceste se montre logique ici; que lui manque-t-il donc?

ALCESTE. — Je voudrais, m'en coûtât-il grand'chose,
Pour la beauté du fait[1], avoir perdu ma cause.
PHILINTE. — On se rirait de vous, Alceste, tout de bon,
Si l'on vous entendait parler de la façon[2].
ALCESTE. — Tant pis pour qui rirait.
PHILINTE. — Mais cette rectitude
Que vous voulez en tout avec exactitude,
Cette pleine droiture où vous vous renfermez,
La trouvez-vous ici dans ce[3] que vous aimez?
Je m'étonne, pour moi, qu'étant, comme il le semble,
Vous et le genre humain, si fort brouillés ensemble,
Malgré tout ce qui peut vous le rendre odieux,
Vous ayez pris chez lui ce qui charme vos yeux;
Et ce qui me surprend encore davantage,
C'est cet étrange choix où votre cœur s'engage.
La sincère Éliante a du penchant pour vous,
La prude[4] Arsinoé vous voit d'un œil fort doux :
Cependant à leurs vœux votre âme se refuse,
Tandis qu'en ses liens Célimène l'amuse[5],
De qui l'humeur coquette et l'esprit médisant
Semblent[6] si fort donner dans[7] les mœurs d'à présent.
D'où vient que, leur portant une haine mortelle,
Vous pouvez bien souffrir ce qu'en tient cette belle?
Ne sont-ce plus défauts dans un objet si doux?
Ne les voyez-vous pas? ou les excusez-vous?
ALCESTE. — Non, l'amour que je sens pour cette jeune veuve
Ne ferme point mes yeux aux défauts qu'on lui treuve[8],
Et je suis, quelque ardeur qu'elle m'ait pu donner,
Le premier à les voir, comme à les condamner[9].
Mais, avec tout cela, quoi que je puisse faire,
Je confesse mon faible, elle a l'art de me plaire;
J'ai beau voir ses défauts et j'ai beau l'en blâmer,
En dépit qu'on en ait[10], elle se fait aimer;

1. En quoi le fait serait-il beau? — 2. De cette façon. — 3. La personne aimée est souvent désignée par le mot *objet* (voir le v. 223), d'où le démonstratif neutre qu'on retrouve au v. 212. — 4. « Qui est sage et modeste » (*Dict. de Furetière*, 1690); la prude est sage dans sa pensée, elle sait pas mal de choses, elle raisonne bien, a de l'expérience (cf. le tribunal de Prud'homme) et elle est sage dans sa conduite, elle respecte scrupuleusement les règles de la morale. — 5. « Amuser signifie aussi : repaître les gens de vaines espérances » (*Dict. de Furetière*, 1690); le verbe convient exactement à la coquette. — 6. « Semble » au XVIIe s. (singulier). — 7. Expression alors à la mode, et fréquemment utilisée dans *le Misanthrope*, anssi bien par Alceste (v. 59) que par Philinte (v. 1535); Molière a beau railler les travers élégants, il prête à ses personnages sympathiques le langage galant car personne ne peut échapper à la mode. — 8. « *Trouver* et *treuver* sont tous deux bons », selon Vaugelas, mais la première forme seule est utilisée à la Cour, qui donne le ton. — 9. Ce vers répond exactement à la double interrogation (v. 224) de Philinte. — 10. Malgré tout.

Sa grâce est la plus forte, et sans doute[1] ma flamme
De ces vices du temps pourra purger son âme.

PHILINTE. — Si vous faites cela, vous ne ferez pas peu.
Vous croyez être donc aimé d'elle?

ALCESTE. — Oui, parbleu!
Je ne l'aimerais pas si je ne croyais l'être.

PHILINTE. — Mais, si son amitié[2] pour vous se fait paraître,
D'où vient que vos rivaux vous causent de l'ennui[3]?

ALCESTE. — C'est qu'un cœur bien atteint veut qu'on soit tout à lui,
Et je ne viens ici qu'à dessein de lui dire
Tout ce que là-dessus ma passion m'inspire.

PHILINTE. — Pour moi, si je n'avais qu'à former des désirs,
La cousine Éliante aurait tous mes soupirs.
Son cœur, qui vous estime, est solide et sincère,
Et ce choix, plus conforme[4], était mieux votre affaire.

ALCESTE. — Il est vrai: ma raison me le dit chaque jour;
Mais la raison n'est pas ce qui règle l'amour.

PHILINTE. — Je crains fort pour vos feux, et l'espoir où vous êtes
Pourrait...

---

1. Sans aucun doute, voir p. 32, n. 6. — 2. Il y a ici une litote (voir p. 31). — 3. Un chagrin violent; le mot a un sens très fort alors : voir *l'École des femmes*, v. 1714. Mais ce sens s'atténuera vite, si bien qu'en 1690 Furetière expliquera le mot ainsi : « Fâcherie que donne quelque discours ou quelque accident déplaisant ». — 4. Plus conforme à votre caractère, Éliante étant sincère (v. 215) et Alceste ayant dit (v. 35) : *Je veux qu'on soit sincère.*

• **Les mœurs** — *Il est vrai : ma raison me le dit chaque jour;*
Mais la raison n'est pas ce qui règle l'amour.

On observe ici une théorie de l'amour opposée à celle de Corneille. L'amour cornélien est fondé sur l'estime (comme celui d'Éliante pour Alceste : v. 245), et l'estime dépend du jugement porté sur autrui; ainsi la raison dompte les sentiments, comme le dit Pauline à Sévère (*Polyeucte*, v. 500),et plus l'estime grandit, plus fort devient l'amour (ce qui explique le « transfert » des sentiments de Pauline, d'abord amoureuse de Sévère et finalement amoureuse passionnée de son mari).
L'amour d'Alceste, au contraire, est un élan incontrôlable, qui défie les mises en garde de la raison. Une restriction cependant, au v. 237; ① Étudiez-en la valeur.
Ainsi Molière enregistre l'évolution des mœurs. « Je vous avoue que c'est mon étoile et non pas mon choix qui m'oblige à vous aimer », disait le duc de Nemours à Mme de Châtillon. Dans son *Dialogue de l'amour et de l'amitié*, Charles Perrault (1628-1703) note que l'amour « entre chez les gens contre leur volonté ». Cette apothéose du sentiment amoureux, de la passion, vers 1660, s'accompagna — comme chez Alceste — d'une admiration nostalgique pour l'innocence des premiers âges dont Voltaire se moquera dans *le Mondain*.

Scène II. — ORONTE, ALCESTE, PHILINTE.

ORONTE, *à Alceste.*
— J'ai su là-bas[1] que pour quelques emplettes
Éliante est sortie, et Célimène aussi;
Mais, comme l'on m'a dit que vous étiez ici,
J'ai monté pour vous dire, et d'un cœur véritable[2],
Que j'ai conçu pour vous une estime incroyable,
Et que, depuis longtemps, cette estime m'a mis
Dans un ardent désir d'être de vos amis.
Oui, mon cœur au mérite aime à rendre justice,
Et je brûle qu'un nœud d'amitié nous unisse.
Je crois qu'un ami chaud, et de ma qualité[3],
N'est pas assurément pour être[4] rejeté.
C'est à vous, s'il vous plaît, que ce discours s'adresse.
(En cet endroit Alceste paraît tout rêveur et semble n'entendre pas qu'Oronte lui parle.)

ALCESTE. — A moi, Monsieur?

ORONTE. — A vous. Trouvez-vous qu'il vous blesse?

ALCESTE. — Non pas; mais la surprise est fort grande pour moi,
Et je n'attendais pas l'honneur que je reçoi[5].

ORONTE. — L'estime où je vous tiens ne doit point vous surprendre,
Et de tout l'univers vous la pouvez prétendre[6].

ALCESTE. — Monsieur...

ORONTE. — L'État n'a rien qui ne soit au-dessous
Du mérite éclatant que l'on découvre en vous.

ALCESTE. — Monsieur...

ORONTE. — Oui, de ma part[7], je vous tiens préférable
A tout ce que j'y vois de plus considérable.

ALCESTE. — Monsieur...

ORONTE. — Sois-je du ciel écrasé, si je mens!
Et, pour vous confirmer ici mes sentiments,
Souffrez qu'à cœur ouvert, Monsieur, je vous embrasse,
Et qu'en votre amitié je vous demande place.
Touchez là, s'il vous plaît. Vous me la promettez,
Votre amitié?

---

1. En bas, par les domestiques; Oronte est maintenant au premier étage (*j'ai monté*, v. 253) car les chambres de réception (on n'employait pas encore le mot *salon*, d'origine italienne) étaient situées au premier. En bas, il y avait une salle où l'on prenait les repas et où l'on recevait exceptionnellement, avec apparat. — 2. Sincère. — 3. Un gentilhomme est un homme de qualité. — 4. Voir p. 31, n. 6. — 5. Ancienne orthographe, déjà en voie d'abandon. Cependant, observe Vaugelas (1647), « nos poètes se servent de l'une et de l'autre à la fin du vers ». — 6. Aujourd'hui, le verbe peut avoir pour objet direct un infinitif, mais pas un nom ou un pronom. — 7. De mon côté.

ALCESTE. — Monsieur...

ORONTE. — Quoi! vous y résistez?

ALCESTE. — Monsieur, c'est trop d'honneur que vous me[1] voulez faire;
Mais l'amitié demande un peu plus de mystère,
Et c'est assurément en profaner[2] le nom
Que de vouloir le mettre à toute occasion.
Avec lumière et choix cette union veut naître;
Avant que[3] nous lier, il faut nous mieux connaître,
Et nous pourrions avoir telles complexions[4]
Que tous deux du marché nous nous repentirions.

ORONTE. — Parbleu! c'est là-dessus parler en homme sage,
Et je vous en estime encore davantage.
Souffrons donc que le temps forme des nœuds si doux;
Mais cependant, je m'offre entièrement à vous.
S'il faut faire à la cour pour vous quelque ouverture[5],
On sait qu'auprès du Roi je fais quelque figure ;
Il m'écoute, et dans tout il en use, ma foi!
Le plus honnêtement du monde avecque[6] moi.
Enfin je suis à vous de toutes les manières;
Et, comme votre esprit a de grandes lumières,
Je viens, pour commencer entre nous ce beau nœud,
Vous montrer un sonnet que j'ai fait depuis peu,
Et savoir s'il est bon qu'au public je l'expose.

---

1. Selon la grammaire du XVIIe s., approuvée par Vaugelas, le pronom complément se place avant le premier verbe et non, comme aujourd'hui, entre les deux. A la fin du siècle, l'Académie invitera les écrivains à placer le pronom selon leur goût. — 2. Le profane (*pro :* devant) ne peut entrer dans le temple (*fanum*) où l'on célèbre des mystères; le langage d'Alceste révèle un respect quasi religieux de la personnalité. — 3. Vaugelas eût préféré *avant que de ;* depuis le XIXe s., on dit : *avant de.* — 4. Tel tempérament et, par extension, tel caractère. — 5. Démarche qui assure le succès d'une affaire. — 6. Orthographe déjà vieillie, si bien qu'en 1687, Racine corrigera sa première tragédie, *la Thébaïde,* où il avait utilisé l'ancienne orthographe.

- **Satire des mœurs** — Molière souligne la préciosité d'Oronte. Dénoncée en 1659 — « Molière est le premier qui ait consacré une pièce de théâtre à faire la satire d'une mode », affirme M. Antoine Adam dans son *Histoire de la littérature française au XVIIe s.*, III, 1952, p. 259 —, la préciosité n'avait pas disparu pour autant car c'est un travers sans cesse renaissant, dû au désir de se distinguer du vulgaire par des moyens factices.

- **Les caractères** — La sottise d'ORONTE est habilement mise en relief. Dans tout discours, écrit ou parlé, il faut suivre la loi de progression. Or, Oronte déclare d'emblée qu'Alceste a droit à l'estime de l'univers (v. 266); puis il réduit son compliment aux dimensions de l'État (v. 267-268) et finalement à celles de sa petite personne (v. 269-270). Il est grotesque.

ALCESTE. — Monsieur, je suis mal propre à décider la chose;
Veuillez m'en dispenser.
ORONTE. — Pourquoi?
ALCESTE. — J'ai le défaut
D'être un peu plus sincère en cela qu'il ne faut.
ORONTE. — C'est ce que je demande, et j'aurais lieu de plainte
Si, m'exposant à vous pour me parler[1] sans feinte,
Vous alliez me trahir et me déguiser rien[2].
ALCESTE. — Puisqu'il vous plaît ainsi, Monsieur, je le veux bien.
ORONTE. — « Sonnet... » C'est un sonnet. « L'espoir... » C'est une
[dame
Qui de quelque espérance avait flatté ma flamme.
« L'espoir... » Ce ne sont point de ces grands vers pom-
[peux,
Mais de petits vers doux, tendres et langoureux.
(A toutes ces interruptions, il regarde Alceste.)
ALCESTE. — Nous verrons bien.
ORONTE. — « L'espoir... » Je ne sais si le style
Pourra vous en paraître assez net et facile,
Et si du choix des mots vous vous contenterez[3].
ALCESTE. — Nous allons voir, Monsieur.
ORONTE. — Au reste, vous saurez
Que je n'ai demeuré qu'un quart d'heure à le faire.
ALCESTE. — Voyons, Monsieur; le temps ne fait rien à l'affaire[4].
ORONTE, *il lit.*
— L'espoir, il est vrai, nous soulage,
Et nous berce un temps notre ennui[5];
Mais, Philis, le triste avantage
Lorsque rien ne marche après lui!

PHILINTE. — Je suis déjà charmé de ce petit morceau.
ALCESTE, *bas à Philinte.*
— Quoi! vous avez le front de trouver cela beau?
ORONTE. —
Vous eûtes de la complaisance;
Mais vous en deviez moins avoir,
Et ne vous pas mettre en dépense
Pour ne me donner que l'espoir.

PHILINTE. — Ah! qu'en termes galants ces choses-là sont mises!

1. Me livrant à vous afin que vous me parliez. — 2. Tiré du latin *rem* (chose), « *rien* signifie souvent *quelque chose que ce soit* » (*Dict. de Furetière*, 1690). — 3. Le vocabulaire avait une grande importance pour les précieuses Cathos et Magdelon, il en aura autant pour les femmes savantes qui voudront *parler Vaugelas*. — 4. Un satirique, Du Lorens, avait déjà fait cette remarque en 1646. — 5. Sens fort : désespoir.

ALCESTE, *bas à Philinte.*
— Hé quoi[1] ! vil complaisant, vous louez des sottises?

ORONTE. —
S'il faut qu'une attente éternelle
Pousse à bout l'ardeur de mon zèle[2],
Le trépas sera mon recours.

Vos soins ne m'en peuvent distraire:
Belle Philis, on désespère
Alors qu'on espère toujours.

PHILINTE. — La chute[3] en est jolie, amoureuse, admirable.
ALCESTE, *bas.* – La peste de ta chute, empoisonneur au diable[4],
En eusses-tu fait une à te casser le nez !
PHILINTE. — Je n'ai jamais ouï de vers si bien tournés.
ALCESTE, *bas.*
— Morbleu !...
ORONTE, *à Philinte.*
— Vous me flattez, et vous croyez peut-être...
PHILINTE. — Non, je ne flatte point.
ALCESTE, *bas.*
— Et que fais-tu donc, traître?
ORONTE, *à Alceste.*
— Mais, pour vous, vous savez quel est notre traité[5] :
Parlez-moi, je vous prie, avec sincérité.

---

1. *Morbleu* (1667). — 2. Ferveur religieuse, mais « les poètes se servent quelquefois de *zèle* pour signifier *amour* » (*Dict. de Furetière*, 1690). — 3. Trait final où se concentre l'esprit dans un madrigal, une épigramme. — 4. Empoisonneur qu'il faudrait envoyer au diable. — 5. Par ce mot, Molière met en valeur l'importance de l'engagement pris par Alceste aux v. 298-304.

- **Satire des mœurs** — Molière ne tenait pas en grande estime les écrivains professionnels (voir *les Femmes savantes*, IV, 3). Il n'estimait guère plus les gens du monde qui débitaient dans les salons madrigaux et sonnets, puisqu'il les ridiculisa dans *les Précieuses ridicules* (sc. 9) et *les Femmes savantes* (III, 2).
Le bel esprit (v. 342) fut à la mode durant la plus grande partie du siècle : Corneille en a fait état dans *Mélite* (II, 4), Mme de Sévigné dans sa célèbre lettre sur le maréchal de Grammont (1er décembre 1664); elle nous y informe qu'en cette année le roi lui-même s'essayait à rimer. Cependant, beaucoup de gentilshommes méprisaient cet abaissement de la noblesse à la condition d'homme de lettres : dans ses *Mémoires*, le prince de Conty révèle que les d'Urfé étaient honteux que leur aïeul eût écrit *l'Astrée* (1590-1607).

- **Les caractères** — ALCESTE dénoncera les jeux de mots au v. 387, mais il en fait un au v. 335 (comique de caractère).

ALCESTE. — Monsieur, cette matière est toujours délicate,
Et sur le bel esprit[1] nous aimons qu'on nous flatte.
Mais, un jour, à quelqu'un dont je tairai le nom,
Je disais, en voyant des vers de sa façon,
Qu'il faut qu'un galant[2] homme ait toujours grand
[empire
Sur les démangeaisons qui nous prennent d'écrire;
Qu'il doit tenir la bride aux grands empressements
Qu'on a de faire éclat de tels amusements[3];
Et que, par la chaleur[4] de montrer ses ouvrages,
On s'expose à jouer de mauvais personnages[5].

ORONTE. — Est-ce que vous voulez me déclarer par là
Que j'ai tort de vouloir...

ALCESTE. — Je ne dis pas cela;
Mais je lui disais, moi[6], qu'un froid écrit assomme,
Qu'il ne faut que ce faible à[7] décrier un homme,
Et qu'eût-on d'autre part cent belles qualités,
On regarde les gens par leurs méchants côtés.

ORONTE. — Est-ce qu'à mon sonnet vous trouvez à redire?

ALCESTE. — Je ne dis pas cela; mais, pour ne point écrire[9],
Je lui mettais aux yeux comme, dans notre temps,
Cette soif a gâté de fort honnêtes gens.

ORONTE. — Est-ce que j'écris mal? et leur ressemblerais-je?

ALCESTE. — Je ne dis pas cela. Mais enfin, lui disais-je,
Quel besoin si pressant avez-vous de rimer?
Et qui diantre[10] vous pousse à vous faire imprimer?
Si l'on peut pardonner l'essor d'un mauvais livre,
Ce n'est qu'aux malheureux qui composent pour vivre.
Croyez-moi, résistez à vos intentions[11],
Dérobez au public ces occupations,
Et n'allez point quitter, de quoi que l'on vous somme[12],

---

1. Qualité primordiale pour un précieux : Bensserade, Voiture, Godeau, Madeleine de Scudéry le possédaient au plus haut degré, selon les contemporains. Bientôt cependant, La Rochefoucauld observera qu'on se sert plus souvent de l'expression *bel esprit* « pour tourner les gens en ridicule que pour les louer ». — 2. Homme « de bonne compagnie » (*Dict. de l'Acad.*, 1694); la galanterie était, avec le bel esprit, la qualité souveraine pour un précieux, mais Alceste donne au mot un sens traditionnel : il rappelle Oronte à sa dignité de gentilhomme. — 3. Observer l'antithèse ironique entre les deux hémistiches. — 4. Le désir ardent. — 5. Jouer de mauvais rôles. — 6. Placé en fin d'hémistiche, ce pronom emphatique affirme la personnalité (voir p. 33); cependant, l'acteur Baron, élève favori de Molière et qui lui succéda dans l'emploi d'Alceste, mettait ici une politesse délicate (voir p. 23). — 7. Sens de *pour* comme dans ce vers d'*Andromaque* (v. 596) : « Il n'attend qu'un prétexte à l'éloigner de lui ». — 9. Pour qu'il n'écrivît point. — 10. Corruption du mot *diable* (sur la corruption du mot *Dieu*, voir p. 30, n. 5). — 11. « Tentations » (1re éd.). — 12. Le second hémistiche semble bien être une cheville, les ennemis de Molière n'ont pas manqué de la relever.

Le nom que dans la cour vous avez d'honnête homme,
Pour prendre, de la main d'un avide imprimeur,
Celui de ridicule et misérable auteur[1].
C'est ce que je tâchai de lui faire comprendre.

ORONTE. — Voilà qui va fort bien, et je crois vous entendre[2].
Mais ne puis-je savoir ce que dans mon sonnet...

1. Voir p. 43 et ici la *Satire des mœurs*. — 2. Sens classique : comprendre.

- **L'action** — Dès le v. 326, Molière nous a fait connaître l'opinion d'Alceste, afin de souligner sa dérobade des v. 341 et suiv. Oronte nous rappelle d'ailleurs (v. 339) qu'il a passé avec Alceste un véritable contrat, un *traité :* le misanthrope s'est engagé à donner son opinion sincère sur le sonnet.

- **Satire des mœurs** — De son propre aveu (lettre au marquis de Mimeure, 1706), Boileau aurait accueilli avec une humeur semblable à celle d'Alceste les vers du marquis de Saint-Aulaire. Quant à Molière, il utilisait souvent l'expression *je ne dis pas cela ;* il se moquait donc de lui-même en la prêtant à Alceste. Impitoyable observateur, il prenait son bien partout où il le trouvait.
L'opinion de Molière sur les hommes de lettres (voir p. 43) fait écho à celle de Louis Guez de Balzac (lettre à Chapelain du 23 novembre 1637) : « Est-il possible qu'un homme qui n'a pas appris l'art d'écrire et à qui il n'a point été fait de commandement de par le Roi, et sur peine de la vie, de faire des livres, veuille quitter son rang d'honnête homme qu'il tient dans le monde, pour aller prendre celui d'impertinent et de ridicule parmi les docteurs et les écoliers? »

- **Les caractères** — La dérobade d'ALCESTE est impardonnable. Ainsi, tout en montrant la nécessité des accommodements, des *dehors civils que l'usage demande* (v. 66), donc du mensonge de politesse, contre lequel s'élèvera Rousseau, Molière nous fait sentir ce qu'il y a d'absurde dans le caractère tranchant de son héros. Alceste se dérobe à quatre reprises (v. 341, 352, 358, 362) et, afin de dissimuler sa pensée au lieu de la dire avec franchise, il use de l'apologue : « Un jour... » (v. 343).
① Molière s'est montré cruel pour Alceste et, ce faisant, pour lui-même. A ce propos, vous commenterez ce jugement d'Alain (*Système des Beaux-Arts*, 1920, V, 11) : « La grande comédie ne ménage rien, elle est cynique, féroce, sans respect, sans pitié; mais, chose remarquable, le sage n'en est point blessé du tout; au contraire, il est délivré, allégé, heureux. »

② Commentez cet autre mot, tiré du même ouvrage (V, 9) : « La marque de la grande comédie, c'est que l'on n'y rit que de soi. »

③ Partagez-vous l'opinion de Jules Lemaître, selon qui le sonnet n'est « ni très original ni très fin » mais tout de même « joli, spirituel, gracieux »?

④ Étudiez le caractère d'Alceste en partant de cette remarque (André Gide, *Voyage au Congo*, 24 septembre 1925) : « L'on ne voit pas, mise à part sa franchise (qui n'est le plus souvent qu'une insupportable brutalité), quelles sont ces éminentes qualités qui, nous est-il donné à entendre, le rendraient digne de hauts emplois. »

⑤ Acceptez-vous l'interprétation que Baron faisait du v. 353 (cf. n. 6)?

ALCESTE. — Franchement, il est bon à mettre au cabinet[1].
Vous vous êtes réglé sur de méchants[2] modèles,
Et vos expressions ne sont point naturelles.
Qu'est-ce que « Nous berce un temps notre ennui »?
Et que « Rien ne marche après lui »?
Que « Ne vous pas mettre en dépense
Pour ne me donner que l'espoir »?
Et que « Philis, on désespère
Alors qu'on espère toujours »?
Ce style figuré, dont on fait vanité,
Sort du bon caractère et de la vérité;
Ce n'est que jeu de mots, qu'affectation pure,
Et ce n'est point ainsi que parle la nature.
Le méchant goût du siècle, en cela, me fait peur;
Nos pères, tout grossiers[3], l'avaient beaucoup meilleur,
Et je prise bien moins tout ce que l'on admire
Qu'une vieille chanson que je m'en vais vous dire :

Si le Roi m'avait donné
Paris, sa grand'ville,
Et qu'il me fallût quitter
L'amour de ma mie,
Je dirais au roi Henri :
« Reprenez votre Paris,
J'aime mieux ma mie, au gué!
J'aime mieux ma mie. »

La rime n'est pas riche, et le style en est vieux;
Mais ne voyez-vous pas que cela vaut bien mieux
Que ces colifichets[4] dont le bon sens murmure,
Et que la passion parle là toute pure?

Si le Roi m'avait donné
Paris, sa grand'ville,
Et qu'il me fallût quitter
L'amour de ma mie,
Je dirais au roi Henri :
« Reprenez votre Paris,

---

1. Secrétaire à tiroirs plus ou moins secrets (voir la n. 4) que les ébénistes prenaient souvent comme thème de « chef-d'œuvre » pour accéder à la maîtrise (*ébéniste* se traduit par *cabinet-maker* en anglais). D'autre part, *mettre une pièce au cabinet* serait, selon M. Adam (*Histoire*, III, p. 355-356) une formule utilisée par les comédiens du XVIIe s. pour les pièces qu'ils refusaient de jouer. Mais, selon le grammairien Charles Bruneau, le mot *cabinet* avait un second sens « toujours en usage », d'où l'équivoque qui fit — et fait encore — « rire le parterre ». Les ennemis de Molière avaient déjà dénoncé son goût pour l'équivoque (voir *la Critique de l'École des femmes*), mais tous les comiques, tous les chansonniers l'utilisent. — 2. Mauvais. — 3. *Tous* (éd. originale) grossiers qu'ils étaient : il y a ellipse. — 4. « Petites pièces, petits objets et de peu de valeur qu'on trouve dans les cabinets [voir la n. 1] des pauvres gens » (*Dict. de Furetière*, 1690).

J'aime mieux ma mie, au gué!
J'aime mieux ma mie. »

Voilà ce que peut dire un cœur vraiment épris.
(A Philinte qui rit.)
Oui, Monsieur le rieur, malgré vos beaux esprits,
J'estime plus cela que la pompe fleurie
De tous ces faux brillants, où[1] chacun se récrie.

---

1. A propos desquels.

- **Satire des mœurs** — Selon Donneau de Visé (voir p. 21), Molière voulut, dans *le Misanthrope,* « parler contre les mœurs du siècle et n'épargner personne ». Dans la scène du sonnet, il vise, selon M. Adam (III, p. 345), « les gens de qualité qui croient que leur qualité excuse leurs mauvais vers ».
On a cru qu'en faisant vanter par Alceste une pauvre vieille chanson, le comique ridiculisait une nouvelle fois son héros. En fait, il soutenait une mode nouvelle, signalée par d'Assoucy (1605-1677) : la vogue des chansons populaires où Molière voyait — comme son ami Boileau — une saine réaction contre le maniérisme précieux.
La chanson aimée d'Alceste n'est d'ailleurs pas ridicule comme celle dont s'enchantera M. Jourdain (*le Bourgeois gentilhomme*, I, 2) :

  Je croyais Jeanneton
  Aussi douce que belle,
  Je croyais Jeanneton
  Plus douce qu'un mouton...

  La chanson du roi Henri fait sans doute allusion aux amours d'Antoine de Bourbon, duc de Vendôme et roi de Navarre, et à son château de la Bonne Aventure, près du Gué-du-Loir. Ronsard y aurait improvisé une chanson dont il nous reste ce refrain :

  La bonne aventure au gué,
  La bonne aventure!

- **Les caractères** — Ce qu'Alceste met en valeur, dans cette chanson, c'est la force du sentiment qu'elle exprime (v. 404 et 413), non sa beauté littéraire (elle est pourtant construite sur un rythme imparisyllabique, donc musical selon Verlaine). Ainsi se précise un trait que nous soupçonnions : le caractère ombrageux de celui qui aime une femme trop courtisée. Le jugement porté par Alceste sur le sonnet n'était pas objectif et, si le ton devient acerbe à partir du v. 418, c'est que la jalousie des deux rivaux s'échauffe. La querelle autour d'un sonnet cachait une querelle autour d'une femme.
- **L'art classique** — On notera, à cette occasion, la stichomythie (répliques réduites à un vers) qui donne l'impression d'un duel : procédé utilisé par Corneille dans la scène de la provocation du *Cid.*
- **L'interprétation** — Selon la tradition conservée à la Comédie française, la chanson est d'abord (v. 393) chantée, puis (v. 405) elle est déclamée. Baron, puis Molé (1734-1802), en la débitant, faisaient pleurer les spectateurs sensibles.

① N'y a-t-il pas là un contresens puisque Philinte rit (v. 414)?

ORONTE. — Et moi, je vous soutiens que mes vers sont fort bons.
ALCESTE. — Pour les trouver ainsi vous avez vos raisons;
Mais vous trouverez bon que j'en puisse avoir d'autres,
Qui se dispenseront de se soumettre aux vôtres.
ORONTE. — Il me suffit de voir que d'autres en font cas.
ALCESTE. — C'est qu'ils ont l'art de feindre; et moi, je ne l'ai pas.
ORONTE. — Croyez-vous donc avoir tant d'esprit en partage?
ALCESTE. — Si je louais vos vers, j'en aurais davantage.
ORONTE. — Je me passerai bien que vous les approuviez.
ALCESTE. — Il faut bien, s'il vous plaît, que vous vous en passiez.
ORONTE. — Je voudrais bien, pour voir, que, de votre manière,
Vous en composassiez[1] sur la même matière.
ALCESTE. — J'en pourrais, par malheur, faire d'aussi méchants[2];
Mais je me garderais de les montrer aux gens.
ORONTE. — Vous me parlez bien ferme, et cette suffisance...
ALCESTE. — Autre part que chez moi cherchez qui vous encense.
ORONTE. — Mais, mon petit Monsieur, prenez-le[3] un peu moins haut.
ALCESTE. — Ma foi, mon grand Monsieur, je le prends comme il faut.
PHILINTE, *se mettant entre-deux.*
— Eh! Messieurs, c'en est trop; laissez cela, de grâce!
ORONTE. — Ah! j'ai tort, je l'avoue, et je quitte la place[4].
Je suis votre valet, Monsieur, de tout mon cœur.
ALCESTE. — Et moi je suis, Monsieur, votre humble serviteur.

Scène III. — PHILINTE, ALCESTE.

PHILINTE. — Hé bien! vous le voyez : pour être trop sincère,
Vous voilà sur les bras une fâcheuse affaire;
Et j'ai bien vu qu'Oronte, afin d'être flatté...
ALCESTE. — Ne me parlez pas.
PHILINTE. — Mais...
ALCESTE. — Plus de société[5].
PHILINTE. — C'est trop...
ALCESTE. — Laissez-moi là.

1. Cet imparfait du subjonctif ne déclenchait pas le rire : il était alors d'usage courant. — 2. Voir p. 46, n. 2. — 3. Prononcer *prenez l'un :* au XVIIe s., l'élision du pronom *le* était courante devant une voyelle; voir *les Plaideurs* (v. 614) : « Condamnez-le à l'amende » et *Tartuffe* (v. 1115) : « Laissez-le en paix ». — 4. Un son bref rime avec un son long : voir p. 32, n. 7. — 5. Alceste souhaite demeurer seul; mais n'oublions pas que, depuis son arrivée, il attend Célimène et voudrait l'entretenir en tête-à-tête. Tout ce qui détourne son attention de Célimène l'agace.

PHILINTE. — Si je...
ALCESTE. — Point de langage[1].
PHILINTE. — Mais quoi?...
ALCESTE. — Je n'entends rien.
PHILINTE. — Mais...
ALCESTE. — Encore?
PHILINTE. — On outrage...
ALCESTE. — Ah! parbleu! c'en est trop; ne suivez point mes pas.
PHILINTE. — Vous vous moquez de moi, je ne vous quitte pas.

1. Il ne partage pas l'avis de la Grande Mademoiselle, selon qui « la conversation est le plus grand plaisir de la vie et peut-être le seul ». Mais Molière dut parfois en être las, lui aussi, sa femme étant quelque peu précieuse : « Ah! que de langage! » fait-il dire à Arnolphe (v. 639) dans *l'École des femmes.*

- **Les caractères** — Ce sera seulement au v. 1603, et parce qu'Oronte lui-même aura posé la question du choix, qu'ALCESTE demandera la main de Célimène. Or, depuis le lever du rideau, il est mû par le désir de se trouver en tête à tête (v. 533) avec elle, afin d'être fixé. On s'explique ainsi ses colères contre Philinte (I, 1), contre Oronte (I, 2), contre Acaste et Clitandre (II, 4 et 5) : tous ces gens sont des « fâcheux », des gêneurs qu'il voudrait envoyer au diable. Il ne se rend pas compte (mais souhaite-t-il être éclairé?) que, si Célimène ne lui a pas encore donné de réponse, c'est parce qu'elle se plaît dans l'indécision (choisir, c'est se priver, dira Gide) et non parce que l'occasion lui a manqué (voir les jugements portés sur la pièce, p. 121 et suiv.).

- **Satire des mœurs** — Le sonnet d'Oronte (peut-être conçu par Molière) n'est ni pire ni meilleur qu'un autre; il représente ce que la poésie mondaine offrait couramment. Si bien que, selon Donneau de Visé, certains spectateurs « crièrent que le sonnet était bon, avant que le misanthrope en fît la critique, et demeurèrent ensuite tout confus ». Les deux quatrains ne sont pas construits sur la même rime, mais la règle n'était pas formelle. La chute est spirituelle, banale cependant puisque Ronsard avait déjà défini l'amour comme :

  Un désespoir où toujours on espère,
  Un espérer où l'on se désespère;

  et que l'Infante avait dit, dans *le Cid* (v. 135) :

  Ma plus douce espérance est de perdre l'espoir.

- **Le comique de situation** — Imaginez l'attitude d'Alceste au moment où Oronte lui donne l'accolade; pensez aux reproches des v. 15-16, particulièrement à celui-ci : *Une telle action ne saurait s'excuser.*

  ① Approuvez-vous, Alceste de dire *chez moi* (v. 432), alors qu'il se trouve chez Célimène? Il n'est pas son mari, ni même son fiancé. S'il utilise ce pronom, est-ce pour vexer Oronte? le pousser à bout? Ou bien l'expression avait-elle, au XVIIe siècle un sens bien différent de celui qu'elle a aujourd'hui?

  Voyez *les Femmes savantes*, III, 3, v. 972.

Ph. © Birgit - Photeb.

▲ *Le Misanthrope* mis en scène par Marcel Bluwal; avec Danièle Lebrun, Olivier Lebeau, Jean Lescot, Anne Bellec et Marcel Cuvelier. Théâtre de la Ville, 1969.

▼ Jacques Charron, Pierre Dux et Jean Debucourt. Comédie-Française, 1947.

Ph. © Bernand - Photeb/T

▲ *Le Misanthrope* mis en scène par Antoine Vitez; avec Daniel Soulier et Jean-Claude Durand. Festival d'Avignon, 1978. Ph. © Bernand - Photeb.

▼ Olivier Lebeau et Jean Lescot dans la mise en scène de Marcel Bluwal. Théâtre de la Ville, 1969. Ph. © Birgit - Photeb.

ACTE II

SCÈNE PREMIÈRE. — ALCESTE, CÉLIMÈNE.

ALCESTE. — Madame, voulez-vous que je vous parle net[1]?
De vos façons d'agir je suis mal satisfait.
Contre elles dans mon cœur trop de bile s'assemble,
Et je sens qu'il faudra que nous rompions ensemble.
Oui, je vous tromperais de parler autrement :
Tôt ou tard nous romprons indubitablement;
Et je vous promettrais mille fois le contraire
Que je ne serais pas en pouvoir de le faire.

CÉLIMÈNE. — C'est pour me quereller donc, à ce que je voi[2],
Que vous avez voulu me ramener chez moi?

ALCESTE. — Je ne querelle point; mais votre humeur, Madame,
Ouvre au premier venu trop d'accès dans votre âme;
Vous avez trop d'amants[3], qu'on voit vous obséder[4],
Et mon cœur de cela ne peut s'accommoder.

CÉLIMÈNE. — Des amants que je fais me rendez-vous coupable?
Puis-je empêcher les gens de me trouver aimable?
Et, lorsque pour me voir ils font de doux efforts,
Dois-je prendre un bâton pour les mettre dehors?

ALCESTE. — Non, ce n'est pas, Madame, un bâton qu'il faut prendre,
Mais un cœur à leurs vœux moins facile et moins tendre.
Je sais que vos appas[5] vous suivent en tous lieux;
Mais votre accueil retient ceux qu'attirent vos yeux,
Et sa douceur, offerte à qui vous rend les armes,
Achève sur les cœurs l'ouvrage de vos charmes.
Le trop riant espoir que vous leur présentez
Attache autour de vous leurs assiduités;
Et votre complaisance, un peu moins étendue,
De tant de soupirants chasserait la cohue.
Mais au moins dites-moi, Madame, par quel sort
Votre Clitandre a l'heur[6] de vous plaire si fort.
Sur quel fonds de mérite et de vertu sublime
Appuyez-vous en lui l'honneur de votre estime?

---

1. Il faudrait des rimes féminines pour commencer l'acte II, puisque le précédent s'est achevé sur des masculines : Molière a négligé la règle. Prononcer le *t* final (voir p. 31, n. 7). — 2. Sur l'orthographe, voir p. 40, n. 5. — 3. Sens classique : amoureux, *soupirants* (voir le v. 474). — 4. Sens étymologique : entourer. — 5. Votre pouvoir de séduction : langage précieux. On en trouve bien d'autres exemples dans les propos d'Alceste (v. 515) : il a beau faire, il se conforme à la mode. — 6. La chance; à la fin du siècle, on commencera d'employer le composé *bonheur*.

Est-ce par l'ongle long qu'il porte au petit doigt[1]
Qu'il s'est acquis chez vous l'estime où l'on le voit?
Vous êtes-vous rendue, avec tout le beau monde,
Au mérite éclatant de sa perruque blonde?
Sont-ce ses grands canons[2] qui vous le font aimer?
L'amas de ses rubans a-t-il su vous charmer?
Est-ce par les appas de sa vaste rhingrave[3]
Qu'il a gagné votre âme en faisant votre esclave?
Ou sa façon de rire et son ton de fausset[4]
Ont-ils de vous toucher su trouver le secret?

CÉLIMÈNE. — Qu'injustement de lui vous prenez de l'ombrage!
Ne savez-vous pas bien pourquoi je le ménage,
Et que dans mon procès, ainsi qu'il m'a promis,
Il peut intéresser tout ce qu'il a d'amis?

ALCESTE. — Perdez votre procès, Madame, avec constance[5],
Et ne ménagez point un rival qui m'offense.

CÉLIMÈNE. — Mais de tout l'univers vous devenez jaloux.

ALCESTE. — C'est que tout l'univers est bien reçu de vous.

---

1. Mode déjà signalée au début du XVIIe s. par Aubigné dans *le Baron de Foeneste* (1616), par Scarron dans un conte intitulé *Plus d'effets que de paroles*... — 2. Dentelle attachée au-dessus du genou et formant un, deux ou même (chez Mascarille) trois étages. — 3. Sorte de jupe-culotte « attachée aux bas avec plusieurs rubans », mise à la mode par « un rhingrave ou prince allemand » (*Dict. de Furetière*, 1690). — 4. « Voix aiguë qui contrefait le dessus [ténor] en un concert et qui d'ordinaire est désagréable et discordante » (*Dict. de Furetière*, 1690); Clitandre n'a donc pas une voix mâle. — 5. Sérénité.

- **L'action** — Voici enfin Célimène, aussi attendue par le spectateur que par Alceste (dont la présence est expliquée au v. 456). En homme de théâtre chevronné, Molière a suscité notre curiosité par une préparation savante :
  — le *ce que vous aimez* de Philinte (v. 208) déclenche une explication : à partir du v. 225, Alceste nous informe de son amour passionné;
  — au v. 251, Oronte nous apprend que Célimène est sortie : nous espérons donc son retour;
  — le *chez moi* du v. 432 attire notre curiosité, juste avant la fin du premier acte, sur l'originalité d'Alceste.
- **Les caractères** — L'occasion est venue, pour ALCESTE, de demander la main de Célimène : or, il s'abandonne à la colère, non à l'amour. La bile s'est accumulée dans son cœur (v. 449), au cours des discussions avec Philinte, puis Oronte. Il fait « une scène » à celle qu'il aime : c'est un maladroit.
- **Satire des mœurs** — Sous le nom de Clitandre, Alceste décrit ici (v. 475-488) l'homme à la mode. Molière en avait déjà fait faire le portrait par Sganarelle dans *l'École des maris* (v. 23-28) et par Pierrot dans *Dom Juan* (II, 1).

CÉLIMÈNE. — C'est ce qui doit rasseoir[1] votre âme effarouchée,
Puisque ma complaisance est sur tous épanchée;
Et vous auriez plus lieu de vous en offenser
Si vous me la voyiez sur un seul ramasser.

ALCESTE. — Mais moi, que vous blâmez de trop de jalousie,
Qu'ai-je de plus qu'eux tous, Madame, je vous prie?

CÉLIMÈNE. — Le bonheur de savoir que vous êtes aimé[2].

ALCESTE. — Et quel lieu[3] de le croire a mon cœur enflammé?

CÉLIMÈNE. — Je pense qu'ayant pris[4] le soin de vous le dire,
Un aveu de la sorte a de quoi vous suffire.

ALCESTE. — Mais qui m'assurera que, dans le même instant,
Vous n'en disiez peut-être aux autres tout autant?

CÉLIMÈNE. — Certes, pour un amant, la fleurette[5] est mignonne,
Et vous me traitez là de gentille personne.
Hé bien! pour vous ôter d'un semblable souci,
De tout ce que j'ai dit je me dédis ici,
Et rien ne saurait plus vous tromper que vous-même:
Soyez content.

ALCESTE. — Morbleu! faut-il que je vous aime!
Ah! que si de vos mains je rattrape mon cœur[6],
Je bénirai le Ciel de ce rare bonheur!
Je ne le cèle pas, je fais tout mon possible
A[7] rompre de ce cœur l'attachement terrible;
Mais mes plus grands efforts n'ont rien fait jusqu'ici,
Et c'est pour mes péchés que je vous aime ainsi.

CÉLIMÈNE. — Il est vrai, votre ardeur est pour moi sans seconde.

ALCESTE. — Oui, je puis là-dessus défier tout le monde;
Mon amour ne se peut concevoir et jamais
Personne n'a, Madame, aimé comme je fais.

CÉLIMÈNE. — En effet, la méthode en est toute nouvelle,
Car vous aimez les gens pour leur faire querelle;
Ce n'est qu'en mots fâcheux qu'éclate votre ardeur,
Et l'on n'a vu jamais un amour si grondeur.

ALCESTE. — Mais il ne tient qu'à vous que son chagrin[8] ne passe;
A tous nos démêlés coupons chemin, de grâce,
Parlons à cœur ouvert, et voyons d'[9]arrêter...

---

1. Tranquilliser. — 2. Aveu impersonnel (style très classique). — 3. Quelle raison. — 4. Il faudrait aujourd'hui que le participe gérondif ait le même sujet que le verbe de la principale. — 5. Métaphore alors toute nouvelle : propos galant. — 6. La métaphore concrète est précieuse. — 7. Pour. — 8. Voir p. 29, n. 2. — 9. Beaucoup de verbes construits aujourd'hui avec la préposition *à* l'étaient alors avec *de* ou inversement : voir le v. 1300.

SCÈNE II. — CÉLIMÈNE, ALCESTE, BASQUE.

CÉLIMÈNE. — Qu'est-ce?
BASQUE. — Acaste est là-bas[1].
CÉLIMÈNE. — Hé bien! faites monter.
ALCESTE. — Quoi! l'on ne peut jamais vous parler tête à tête?
A recevoir le monde on vous voit toujours prête,
Et vous ne pouvez pas, un seul moment de tous,
Vous résoudre à souffrir de n'être pas chez vous[2]?
CÉLIMÈNE. — Voulez-vous qu'avec lui je me fasse une affaire?
ALCESTE. — Vous avez des égards[3] qui ne sauraient me plaire,
CÉLIMÈNE. — C'est un homme à jamais ne me le pardonner,
S'il savait que sa vue eût pu m'importuner.
ALCESTE. — Et que vous fait cela pour vous gêner de sorte?...
CÉLIMÈNE. — Mon Dieu! de ses pareils la bienveillance importe;
Et ce sont de ces gens qui, je ne sais comment,
Ont gagné dans la cour de parler hautement.
Dans tous les entretiens on les voit s'introduire;
Ils ne sauraient servir, mais ils peuvent vous nuire;
Et jamais, quelque appui qu'on puisse avoir d'ailleurs,
On ne doit se brouiller avec ces grands brailleurs.
ALCESTE. — Enfin, quoi qu'il en soit et sur quoi qu'on se fonde,
Vous trouvez des raisons pour souffrir tout le monde,
Et les précautions de votre jugement...

---

1. Voir p. 40, n. 1. — 2. En faisant dire, selon l'usage, que vous êtes sortie : Alceste recommande donc à Célimène le mensonge (comique de caractère). — 3. *Regards* (première édit.); le texte a été modifié par La Grange et Vinot en 1682.

- **L'action** — Nous avons ici (jusqu'au v. 510) un magnifique duel entre un jaloux (qui attaque) et une coquette (qui se défend).
A partir du v. 511, Célimène contre-attaque : elle feint de ne plus vouloir détromper Alceste; qu'il pense ce qu'il voudra. Méthode excellente puisqu'il est maintenant réduit à la défensive et se désarme même en avouant que son amour subsiste envers et contre tout (v. 514); dans sa naïveté (voir p. 91), il en vient à lui dire (v. 524) que personne n'a aimé comme lui.
- **Le comique** — Il a pour base le caractère même d'Alceste. En soi, le v. 524 n'exprime que de la passion, et la passion émeut : on la partage, on l'admire même. Mais la réflexion de Célimène au v. suivant déclenche le rire. On analysera la méthode suivie par Molière pour muer le tragique en comique : détourner l'attention de la passion elle-même pour ne montrer que les conséquences, évidemment cocasses ici, de cette passion.
- **L'art classique** — Il est fondé sur la symétrie (voir p. 47) : montrez-le.

SCÈNE III. — BASQUE, ALCESTE, CÉLIMÈNE.

BASQUE. — Voici Clitandre encor, Madame.
ALCESTE *(Il témoigne s'en vouloir[1] aller).*
— Justement.
CÉLIMÈNE. — Où courez-vous?
ALCESTE. — Je sors.
CÉLIMÈNE. — Demeurez.
ALCESTE. — Pourquoi faire?
CÉLIMÈNE. — Demeurez.
ALCESTE. — Je ne puis.
CÉLIMÈNE. — Je le veux.
ALCESTE. — Point d'affaire[2].
Ces conversations ne font que m'ennuyer,
Et c'est trop que vouloir me les faire essuyer[3].
CÉLIMÈNE. — Je le veux, je le veux.
ALCESTE. — Non, il[4] m'est impossible.
CÉLIMÈNE. — Hé bien! allez, sortez, il vous est tout loisible.

SCÈNE IV. — ÉLIANTE, PHILINTE, ACASTE, CLITANDRE, ALCESTE, CÉLIMÈNE, BASQUE.

ÉLIANTE, *à Célimène.*
— Voici les deux marquis qui montent avec nous;
Vous l'est-on venu dire?
CÉLIMÈNE. — Oui. (*A Basque.*) Des sièges pour tous[5].
(*Basque donne des sièges et sort.*)
(*A Alceste.*)
Vous n'êtes pas sorti?
ALCESTE. — Non; mais je veux, Madame,
Ou pour eux, ou pour moi, faire expliquer votre âme.
CÉLIMÈNE. — Taisez-vous.
ALCESTE. — Aujourd'hui vous vous expliquerez.
CÉLIMÈNE. — Vous perdez le sens.
ALCESTE. — Point. Vous vous déclarerez.
CÉLIMÈNE. — Ah!
ALCESTE. — Vous prendrez parti.

1. Voir p. 41, n. 1. — 2. C'est inutile. — 3. Subir. — 4. Cela. — 5. Encore une longue qui rime avec une brève : voir p. 32, n. 7.

CÉLIMÈNE. — Vous vous moquez, je pense.
ALCESTE. — Non, mais vous choisirez; c'est trop de patience.
CLITANDRE. — Parbleu! je viens du Louvre, où Cléonte, au levé[1],
Madame, a bien paru ridicule achevé.
N'a-t-il point quelque ami qui pût, sur ses manières,
D'un charitable avis lui prêter les lumières?
CÉLIMÈNE. — Dans le monde, à vrai dire, il se barbouille[2] fort;
Partout il porte un air qui saute aux yeux d'abord;
Et, lorsqu'on le revoit après un peu d'absence,
On le retrouve encor plus plein d'extravagance.

---

1. On écrivait aussi *lever*. Il s'agit du lever du roi, première réception de la journée: soit le petit lever (avant le petit office divin); soit le grand lever (après la toilette). Le premier était le plus recherché des courtisans car peu d'entre eux y étaient invités (voir ce que dira Clitandre au v. 739). — 2. Se ridiculise; le verbe est à rapprocher de l'adjectif substantivé qui figure dans ce titre de farce : *la Jalousie du Barbouillé.*

- **L'action** — Deux scènes de transition entre la querelle d'amour et la réception mondaine : si le théâtre est une conversation, il importe qu'il soit aussi du mouvement : les mots *acte* et *drame* nous le rappellent. L'arrivée d'un laquais, à deux reprises, coupe l'échange de propos entre les deux amants et appelle notre attention : que viennent faire Acaste et Clitandre chez Célimène?

- **Les caractères** ① Quelles intentions découvrez-vous dans les *je le veux* de CÉLIMÈNE aux v. 554 et 557 :
— une exigence mondaine (désir de peupler son salon)?
— le désir de contrôler sa puissance sur Alceste?
— le simple caprice d'une jolie femme qui trépigne d'être contrariée?

- **Satire des mœurs** — Ici commence la scène des portraits (la comédie du *Misanthrope* est si célèbre que certaines scènes sont désignées par un nom qui leur est propre et non par un chiffre). Selon Gustave Lanson, le portrait était alors « un genre à forme fixe », autrement dit répondant à des règles, à des recettes. On jouait aux portraits, dans les salons, chacun faisant le sien ou tous rivalisant dans celui d'une personne connue. Ce fut Madeleine de Scudéry qui lança la mode des portraits en littérature; à partir de 1650, elle en inséra un grand nombre dans son *Cyrus* et sa *Clélie*. Et ce fut Mademoiselle, fille de Gaston d'Orléans, qui répandit en France le jeu de société, apporté de Hollande par la princesse de Tarente et Mlle de Trémoille. Éditée à 30 exemplaires en 1659 pour ses intimes, *la Galerie des portraits de Mademoiselle* contient 59 pièces, dont 16 sont de sa main. A la fin du siècle, et au début du XVIIIe, de grands écrivains comme La Bruyère et Montesquieu feront du portrait un véritable genre littéraire.
Molière est fort précis dans son tableau des mœurs mondaines : si Célimène demande des sièges pour tous (v. 560), c'est que tous les arrivants y ont droit, ce sont des gens de qualité. Dans *la Comtesse d'Escarbagnas* (sc. 7), on n'offre pas des sièges à tout le monde car les visiteurs sont de rang inégal; il y avait d'ailleurs une hiérarchie parmi les sièges : fauteuils, chaises, tabourets, carreaux (petits tapis carrés).

ACASTE. — Parbleu ! s'il faut parler de gens extravagants,
Je viens d'en essuyer un des plus fatigants :
Damon le raisonneur, qui m'a, ne vous déplaise,
Une heure, au grand soleil, tenu hors de ma chaise[1].

CÉLIMÈNE. — C'est un parleur étrange, et qui trouve toujours
L'art de ne vous rien dire avec de grands discours.
Dans les propos qu'il tient on ne voit jamais goutte,
Et ce n'est que du bruit que tout ce qu'on écoute[2].

ÉLIANTE, *à Philinte.*
— Ce début n'est pas mal, et contre le prochain
La conversation prend un assez bon train.

CLITANDRE. — Timante encor, Madame, est un bon caractère[3].

CÉLIMÈNE. — C'est de la tête aux pieds un homme tout mystère,
Qui vous jette en passant un coup d'œil égaré,
Et, sans aucune affaire, est toujours affairé.
Tout ce qu'il vous débite en grimaces[4] abonde ;
A force de façons, il assomme le monde ;
Sans cesse il a, tout bas, pour rompre l'entretien,
Un secret à vous dire, et ce secret n'est rien ;
De la moindre vétille il fait une merveille,
Et, jusques au bonjour, il dit tout à l'oreille.

ACASTE. — Et Géralde, Madame ?

CÉLIMÈNE. — O l'ennuyeux conteur !
Jamais on ne le voit sortir[5] du grand seigneur ;
Dans le brillant commerce il se mêle sans cesse
Et ne cite jamais que duc, prince ou princesse[6].
La qualité l'entête[7], et tous ses entretiens
Ne sont que de chevaux, d'équipage[8] et de chiens ;
Il tutaye[9] en parlant ceux du plus haut étage,
Et le nom de Monsieur est chez lui hors d'usage.

CLITANDRE. — On dit qu'avec Bélise il est du dernier bien.

---

1. Les gens de qualité utilisaient la chaise à porteurs depuis une quinzaine d'années. — 2. La Bruyère (*Les Caractères*, V) prendra à partie le même type d'homme qu'il nommera *diseur de phébus*. — 3. Type à étudier. Selon Boileau (d'après Brossette), Molière aurait visé le comte de Saint-Gilles, « homme de la Vieille Cour [attachée aux traditions en face de la « Jeune Cour » qui lançait la mode en exigeant, par exemple, des fourchettes individuelles], qui aimait fort Molière, et qui l'importunait sans s'en apercevoir. Saint-Gilles était un homme fort mystérieux, qui ne parlait jamais que tout bas et à l'oreille, quelque chose qu'il eût à dire ». — 4. Voir p. 34, n. 9. — 5. Dans sa conversation. — 6. Le duc passe avant le prince : lisez Proust, *Du côté de Guermantes*. — 7. La noblesse lui emplit la tête, l'occupe exclusivement. — 8. De chasse ; seuls, les grands seigneurs possédaient équipages de piqueurs (prononcer *piqueux*) et meutes de chiens. — 9. On disait aussi *tutoie*. C'est quand il en parle (en parlant) que Géralde tutoie les Grands ; on suppose que, lorsqu'il leur parle, il les appelle « Monsieur le duc » ou « Monsieur le prince », comme tout le monde, sauf leurs très rares égaux. Quand on pense au respect (lisez La Varende) dont la noblesse du XXe s. entoure encore les ducs, le trait devait paraître monstrueux au XVIIe s.

CÉLIMÈNE. — Le pauvre esprit de femme, et le sec entretien!
Lorsqu'elle vient me voir, je souffre le martyre :
Il faut suer sans cesse[1] à chercher que lui dire,
Et la stérilité de son expression
Fait mourir à tous coups la conversation.
En vain, pour attaquer son stupide silence,
De tous les lieux communs vous prenez l'assistance :
Le beau temps et la pluie, et le froid et le chaud
Sont des fonds qu'avec elle on épuise bientôt.
Cependant sa visite, assez[2] insupportable,
Traîne en une longueur encore épouvantable,
Et l'on demande l'heure, et l'on bâille vingt fois,
Qu'elle grouille[3] aussi peu qu'une pièce de bois.

ACASTE. — Que vous semble d'Adraste?

CÉLIMÈNE. — Ah! quel orgueil extrême!
C'est un homme gonflé de l'amour de soi-même.
Son mérite jamais n'est content de la cour :
Contre elle il fait métier de pester chaque jour,
Et l'on ne donne emploi, charge ni bénéfice,
Qu'à tout ce qu'il se croit on ne fasse injustice.

---

1. Relever les allitérations qui soulignent le verbe *suer*. — 2. Il y a là une litote que nous remplacerions par un superlatif absolu. — 3. Terme bas, selon le *Dict. de l'Acad.* (1694), et qui a effrayé les éditeurs posthumes de Molière (1682). Ils ont corrigé ainsi : *qu'elle s'émeut autant...* Mais Célimène ne recule pas devant un vocabulaire vigoureux.

• **L'art classique** — Célimène multiplie les portraits, mais sans monotonie car il ne faut pas ennuyer :
1. Cléonte, l'extravagant : portrait commencé par Clitandre (4 v.), achevé par Célimène (4 v.);
2. Damon, le raisonneur (bavard) : p. commencé par Acaste (4 v.), achevé par Célimène (4 v.);
3. Timante, le mystérieux : p. proposé par Clitandre (1 v.), fait par Célimène (9 v. : elle s'échauffe);
4. Géralde, féru de noblesse : p. proposé par Acaste (1 hémistiche), fait par Célimène (7 v. et demi);
5. Bélise, la sotte : p. proposé par Clitandre (les deux « lanceurs de balle » alternent leur « service »), fait par Célimène (13 v.). C'est le premier portrait de femme et le chef-d'œuvre (étudiez-en la composition) car la méchanceté féminine y renforce l'esprit;
6. Adraste, infatué de soi : p. proposé par Acaste (1 hémistiche) et fait par Célimène (5 v. et demi).
La galerie s'achèvera par les portraits de Cléon (7), de Damis (8), d'Alceste même (9). Enfin, n'oublions pas le portrait de Clitandre fait par Alceste (v. 476-488) et le portrait des femmes vues par leurs amoureux, dû à Éliante (v. 717-728).

CLITANDRE. — Mais le jeune Cléon, chez qui vont aujourd'hui
Nos plus honnêtes gens, que dites-vous de lui?
CÉLIMÈNE. — Que de son cuisinier il s'est fait un mérite,
Et que c'est à sa table à[1] qui l'on rend visite.
ÉLIANTE. — Il prend soin d'y servir des mets fort délicats.
CÉLIMÈNE. — Oui, mais je voudrais bien qu'il ne s'y servît pas :
C'est un fort méchant plat que sa sotte personne,
Et qui gâte, à mon goût, tous les repas qu'il donne.
PHILINTE. — On fait assez de cas de son oncle Damis[2].
Qu'en dites-vous, Madame?
CÉLIMÈNE. — Il est de mes amis.
PHILINTE. — Je le trouve honnête homme et d'un air assez sage.
CÉLIMÈNE. — Oui, mais il veut avoir trop d'esprit, dont[3] j'enrage;
Il est guindé sans cesse, et dans tous ses propos
On voit qu'il se travaille[4] à dire de bons mots.
Depuis que dans la tête il s'est mis d'être habile,
Rien ne touche son goût, tant il est difficile;
Il veut voir des défauts à tout ce qu'on écrit,
Et pense que louer n'est pas d'un bel esprit[5],
Que c'est être savant que trouver à redire,
Qu'il n'appartient qu'aux sots d'admirer et de rire,
Et qu'en n'approuvant rien des ouvrages du temps
Il se met au-dessus de tous les autres gens;
Aux conversations même il trouve à reprendre;
Ce sont propos trop bas pour y daigner descendre;
Et, les deux bras croisés, du haut de son esprit
Il regarde en pitié tout ce que chacun dit.
ACASTE, *à Célimène.*
— Dieu me damne! voilà son portrait véritable.
CLITANDRE. — Pour bien peindre les gens vous êtes admirable.
ALCESTE. — Allons, ferme, poussez[6], mes bons[7] amis de cour!
Vous n'en épargnez point, et chacun a son tour;
Cependant aucun d'eux à vos yeux ne se montre
Qu'on ne vous voie en hâte aller à sa rencontre,
Lui présenter la main, et d'un baiser flatteur
Appuyer les serments d'être son serviteur.

1. Répétition de la préposition, selon une forme habituelle alors; voir Boileau (*Satire* IX, v. 1) : « C'est *à vous*, mon esprit, *à qui* je veux parler ». — 2. On prononçait *Dami*, la rime est donc correcte. — 3. Ce dont (on omettait le démonstratif quand *dont* avait une proposition entière pour antécédent). — 4. Se fatigue (1682); *se travailler* implique une idée de torture : le travail, appareil utilisé pour ferrer les chevaux difficiles, avait été un instrument de torture dans l'antiquité. — 5. Voir p. 44, n. 1. — 6. Terme d'escrime opposé à *rompez*. — 7. L'ironie consiste souvent à dire le contraire de ce qu'on pense (sans intention de tromper); voir p. 73.

CLITANDRE. — Pourquoi s'en prendre à nous? Si ce qu'on dit vous blesse,
Il faut que le reproche à Madame s'adresse.

ALCESTE. — Non, morbleu! c'est à vous; et vos ris[1] complaisants
Tirent de son esprit tous ces traits médisants.
Son humeur satirique est sans cesse nourrie
Par le coupable encens de votre flatterie;
Et son cœur à railler trouverait moins d'appas
S'il avait observé qu'on ne l'applaudît pas.
C'est ainsi qu'aux flatteurs on doit partout se prendre[2]
Des vices où l'on voit les humains se répandre.

PHILINTE. — Mais pourquoi pour ces gens un intérêt si grand,
Vous qui condamneriez ce qu'en eux on reprend?

---

1. Rires, terme poétique. — 2. S'en prendre; l'omission de *en* donnait des phrases qui aujourd'hui prêtent à contre sens comme « Tu n'es pas où tu crois » (*Amphitryon*, v. 1182).

- **Satire des mœurs** — Septième portrait : Cléon, le gourmet.
Portrait complexe dans sa présentation car Clitandre, qui le propose, paraît indulgent à Cléon — ce qui aiguise l'esprit médisant de Célimène dont le « mot » des v. **625-626** sera repris par Montesquieu dans ses *Lettres persanes* (lettre **48**) à propos d'un fermier général : « Il excelle par son cuisinier; aussi n'en est-il pas ingrat, car vous avez entendu qu'il l'a loué tout aujourd'hui. » Cléon — quelque fermier général, sans doute — n'est pas plus un « honnête homme » que les personnes visées précédemment : il oublie qu'un homme du monde « ne se pique de rien », pas même d'avoir un excellent cuisinier.
Huitième portrait : Damis, l'homme d'esprit.
Portrait proposé par Philinte : comme Éliante, qui est intervenue précédemment afin d'incliner sa cousine vers l'indulgence, Philinte a dû observer Alceste qui souffre en silence et, à son tour, il essaye de dissiper le chagrin de son ami en invitant Célimène (v. **633**) à sortir de la médisance. Mais il a eu tort de vouloir peser sur les intentions de la portraitiste : elle se pique et fonce aussitôt.
- **L'art classique** — Molière montre une habileté diabolique en faisant faire, par Célimène, et sans qu'elle s'en doute, son propre portrait dans celui de Damis. Reprenez, terme pour terme, ce portrait en pensant à Célimène.
Comment s'expliquerait le *dont j'enrage* (v. **634**) si elle ne voyait pas, en Damis, un prétendant au trône d'esprit qu'elle occupe?
① Commentez ces propos de M. René Bray (*la Préciosité et les Précieux*, **1948**, p. **189**) qui concernent le goût des portraits : « Le public du XVIIe s., féru de morale et de psychologie, se plut beaucoup à s'arrêter ainsi, au cours d'une œuvre plus ample, pour considérer avec attention une figure connue. Le goût de l'indiscrétion et parfois du scandale s'ajouta à cette disposition naturelle du Français. »
② Clitandre (v. **650**) n'est-il que la réplique d'Acaste ou ne s'en distingue-t-il pas? Étudiez le manque de galanterie de Clitandre, sa lâcheté même dans les v. **657-658**.
③ Quand il intervient (v. **631**) dans le jeu des portraits, Philinte ne pense-t-il pas aussi à Éliante? Dans quelle mesure?

CÉLIMÈNE. — Et ne faut-il pas bien que Monsieur contredise?
A la commune voix veut-on qu'il se réduise,
Et qu'il ne fasse pas éclater en tous lieux
L'esprit contrariant qu'il a reçu des Cieux?
Le sentiment d'autrui n'est jamais pour[1] lui plaire;
Il prend toujours en main l'opinion contraire,
Et penserait paraître un homme du commun
Si l'on voyait qu'il fût de l'avis de quelqu'un.
L'honneur de contredire a pour lui tant de charmes
Qu'il prend contre lui-même assez souvent les armes,
Et ses vrais sentiments sont combattus par lui
Aussitôt qu'il les voit dans la bouche d'autrui.

ALCESTE. — Les rieurs sont pour vous, Madame, c'est tout dire,
Et vous pouvez pousser contre moi la satire.

PHILINTE. — Mais il est véritable aussi que votre esprit
Se gendarme[2] toujours contre tout ce qu'on dit,
Et que, par un chagrin[3] que lui-même il avoue,
Il ne saurait souffrir qu'on blâme ni qu'on[4] loue.

ALCESTE. — C'est que jamais, morbleu! les hommes n'ont raison,
Que le chagrin contre eux est toujours de saison,
Et que je vois qu'ils sont, sur toutes les affaires,
Loueurs impertinents[5] ou censeurs téméraires.

CÉLIMÈNE. — Mais...

ALCESTE. — Non, Madame, non; quand j'en devrais mourir,
Vous avez des plaisirs que je ne puis souffrir;
Et l'on a tort ici de nourrir[6] dans votre âme
Ce grand attachement aux défauts qu'on y blâme.

CLITANDRE. — Pour moi, je ne sais pas; mais j'avouerai tout haut
Que j'ai cru jusqu'ici Madame sans défaut.

ACASTE. — De grâces et d'attraits je vois qu'elle est pourvue;
Mais les défauts qu'elle a ne frappent point ma vue.

ALCESTE. — Ils frappent tous la mienne; et, loin de m'en cacher,
Elle sait que j'ai soin de les lui reprocher.
Plus on aime quelqu'un, moins il faut qu'on le flatte :
A ne rien pardonner le pur amour éclate;

---

1. Voir p. 31, n. 6. — 2. Se gendarmer, c'est (*Dict. de Furetière*, 1690) « se mettre en peine de quelque chose », se mettre en colère. — 3. Voir p. 29, n. 2. — 4. Les deux *on* désignent ici plusieurs personnes et non comme aux v. 693-694 la même : en l'occurrence Philinte qui défend l'attitude de Célimène aux v. 683-686, après l'avoir blâmée au cours d'une conversation avec Alceste (v. 213-224). — 5. Les loueurs louent des actions qu'ils devraient blâmer, l'impertinence étant (*Dict. de Furetière*, 1690) « action ou parole sotte ou déraisonnable »; voir p. 71, n. 8. — 6. Alceste a déjà employé cette métaphore au v. 661.

Et je bannirais, moi[1], tous ces lâches amants
Que je verrais soumis à tous mes sentiments,
Et dont, à tous propos, les molles complaisances
Donneraient de l'encens[2] à mes extravagances.

CÉLIMÈNE. — Enfin, s'il faut qu'à vous s'en rapportent les cœurs,
On doit, pour bien aimer, renoncer aux douceurs,
Et du parfait amour mettre l'honneur suprême
A bien injurier les personnes qu'on aime.

---

1. Alceste dicte (son *moi* sonne à l'hémistiche; cf. v. 353) à Célimène l'attitude qu'elle devrait prendre. — 2. Métaphore galante, venue de la préciosité, et déjà utilisée au v. 662 : Alceste est gagné par la mode, quoi qu'il fasse contre elle : voir p. 52, n. 5.

- **Les caractères** — Dernier portrait (9e) : celui d'Alceste.
Personne ne l'a proposé à CÉLIMÈNE mais, entraînée par le jeu, elle donne de l'étendue à sa réplique du v. **669**, elle la développe.
Le besoin de contradiction qu'elle signale chez Alceste, ne l'avons-nous pas observé chez elle aux v. **628** et **634**? Ne pourrait-on retourner contre elle la satire des v. **673, 675-676,** comme nous avons retourné contre elle le portrait de Damis?
D'ailleurs, est-ce bien l'esprit de contradiction (voir plus loin les v. **1069-1074**) qui caractérise ALCESTE? Certes, par ses idées sur le mensonge mondain, par sa conception d'un amour exclusif, il s'oppose aux mœurs de son époque. Mais il est constant dans ses opinions, rigide même : Philinte l'a observé (v. **684**). La contradiction n'existe qu'entre ses actes et ses idées : voir *les Caractères*, p. 43.
La noblesse et le ridicule d'Alceste apparaissent ici tour à tour :
— le ridicule (v. **687-690**) quand il reprend ses affirmations coléreuses de l'acte I, sc. 1;
— la noblesse (v. **691-692**) quand se découvre la profondeur de son amour.

- **Le comique** — Le comique d'attitude, qu'on aurait pu observer dans les répliques parallèles des v. **649-650**, se renouvelle ici : v. **695-698**. Acaste et Clitandre se présentent comme des mécaniques dont l'une déclenche l'autre. Pensez à cette définition du comique par Bergson : « du mécanique plaqué sur du vivant ».

① Pourquoi, parlant d'Alceste au v. **669**, Célimène ne le désigne-t-elle pas par son nom? Quels sentiments nous révèle l'emploi du mot *Monsieur?*

② Étudiez les différents aspects de l'esprit de contradiction : automatisme dû à un défaut de caractère; désir de s'affirmer contre quelqu'un (révolte de l'enfant prodigue); fondement de l'esprit scientifique (Pascal devant l'horreur du vide, Pasteur devant la génération spontanée...).

③ « Alceste a bien vu [v. **385-386**] que les figures sont l'élément essentiel du style précieux. Mais n'en serait-il pas de même pour tout style? » Vous étudierez cette question posée par M. René Bray (*op. cit.*, p. 191).

ÉLIANTE. — L'amour, pour l'ordinaire, est peu fait à ces lois,
Et l'on voit les amants vanter toujours leur choix;
Jamais leur passion n'y voit rien de blâmable,
Et dans l'objet aimé[1] tout leur devient aimable :
Ils comptent les défauts pour des perfections,
Et savent y[2] donner de favorables noms.
La pâle est aux jasmins[3] en blancheur comparable;
La noire à faire peur[4], une brune adorable;
La maigre a de la taille et de la liberté;
La grasse est dans son port pleine de majesté;
La malpropre sur soi[5], de peu d'attraits chargée,
Est mise sous le nom de beauté négligée;
La géante paraît une déesse aux yeux;
La naine, un abrégé des merveilles des cieux;
L'orgueilleuse a le cœur digne d'une couronne;
La fourbe a de l'esprit; la sotte est toute bonne;
La trop grande parleuse est d'agréable humeur,
Et la muette garde une honnête pudeur.
C'est ainsi qu'un amant dont l'ardeur est extrême
Aime jusqu'aux défauts des personnes qu'il aime.

ALCESTE. — Et moi, je soutiens, moi...

CÉLIMÈNE. — Brisons là ce discours,
Et dans la galerie allons faire deux tours.
Quoi! Vous vous en allez, Messieurs?

CLITANDRE et ACASTE.
— Non pas, Madame.

ALCESTE. — La peur de leur départ occupe fort votre âme[6].
Sortez quand vous voudrez, Messieurs; mais j'avertis
Que je ne sors qu'après que vous serez sortis.

ACASTE. — A moins de voir Madame en être importunée,
Rien ne m'appelle ailleurs de toute la journée.

CLITANDRE. — Moi, pourvu que je puisse être au petit couché[7],
Je n'ai point d'autre affaire où je sois attaché.

CÉLIMÈNE, *à Alceste.*
— C'est pour rire, je crois.

ALCESTE. — Non, en aucune sorte;
Nous verrons si c'est moi que vous voudrez qui sorte[8].

---

1. Sens classique, voir p. 38, n. 3. — 2. Leur donner; *y* tenait alors la place des pronoms de la première, de la seconde et de la troisième personne. — 3. *Au jasmin* (1667). — 4. Il s'agit de la couleur du teint, non des cheveux : on se préservait alors soigneusement du soleil. — 5. Dépourvue d'élégance dans son habillement. — 6. Une longue rime avec une brève : voir p. 32, n. 7. — 7. Voir p. 57, n. 1. — 8. Construction lourde (double relatif) mais habituelle alors et qui figure dans *l'Étourdi* au v. 1958.

Scène V. — BASQUE, ALCESTE, CÉLIMÈNE, ÉLIANTE, ACASTE, PHILINTE, CLITANDRE.

BASQUE, *à Alceste.*

— Monsieur, un homme est là qui voudrait vous parler,
Pour affaire, dit-il, qu'on ne peut reculer.

ALCESTE. — Dis-lui que je n'ai point d'affaires si pressées.

BASQUE. — Il porte une jaquette à grand'basques[1] plissées,
Avec du dor[2] dessus.

CÉLIMÈNE, *à Alceste.*

— Allez voir ce que c'est,
Ou bien faites-le[3] entrer.

ALCESTE, *allant au-devant du garde.*

— Qu'est-ce donc qu'il[4] vous plaît?
Venez, Monsieur.

---

1. Basques de la casaque portée par les gardes de la maréchaussée : voir p. 67. — 2. Du doré; voir *Dom Juan* (II, 1) : « Il a du dor à son habit depis le haut jusqu'en bas ». — 3. Prononcer : *faites l'entrer;* sur l'élision de certains mots, voir p. 48, n. 3. — 4. Au XVIIe s., on confond *qu'est-ce qui* et *qu'est-ce qu'il.*

- **Satire des mœurs** — Éliante entre en scène : est-ce par un désir de paraître, semblable à celui qui anime sa cousine?
— Éliante veut défendre Alceste que Célimène vient (v. 707-710) de ridiculiser;
— elle veut montrer à sa cousine et aux petits marquis qu'on peut se livrer au jeu des portraits sans blesser personne : elle parle de l'humanité en général.

- **L'art classique** — Ce faisant, elle se montre classique.
L'écrivain classique cherchant l'originalité dans la manière et non dans la matière (fonds commun constitué au cours des siècles), Molière a utilisé une traduction de Lucrèce (*de Rerum natura*, IV, v. 1149-1165) qu'il avait faite en sa jeunesse et qu'il avait reprise à Auteuil, lors de sa maladie. Voici la traduction de M. Alfred Ernoud (*Belles Lettres*, 1937) : « Les hommes aveuglés par la passion [...] attribuent à celles qu'ils aiment des mérites qu'elles n'ont pas. Aussi voyons-nous des femmes laides et repoussantes de tout point être adorées et traitées avec les plus grands honneurs [...] Une peau noire a la couleur du miel; une femme malpropre et puante est une beauté négligée; a-t-elle les yeux verts, c'est une autre Pallas; est-elle toute de cordes et de bois, c'est une gazelle; une naine, une sorte de pygmée, un pur grain de sel; une géante colossale est une merveille, pleine de majesté. La bègue qui ne sait dire mot, gazouille; la muette est pleine de modestie... »

- **Les caractères** — Éliante observe les choses : *on voit* (v. 712). Alceste, lui, vit dans son rêve : *il faut* (v. 701). A son *plus on aime quelqu'un, moins il faut qu'on le flatte*, Éliante réplique, en somme : Plus on aime quelqu'un, et plus on le flatte.

SCÈNE VI. — GARDE, ALCESTE, CÉLIMÈNE, ÉLIANTE, ACASTE, PHILINTE, CLITANDRE.

GARDE. — Monsieur, j'ai deux mots à vous dire.
ALCESTE. — Vous pouvez parler haut, Monsieur, pour m'en instruire.
GARDE. — Messieurs les Maréchaux, dont j'ai commandement,
Vous mandent de venir les trouver promptement,
Monsieur.
ALCESTE. — Qui? moi, Monsieur?
GARDE. — Vous-même.
ALCESTE. — Et pour quoi faire?
PHILINTE, *à Alceste.*
— C'est d'Oronte et de vous la ridicule affaire.
CÉLIMÈNE, *à Philinte.*
— Comment?
PHILINTE. — Oronte et lui se sont tantôt bravés
Sur certains petits vers qu'il n'a pas approuvés;
Et l'on veut assoupir la chose en sa naissance.
ALCESTE. — Moi, je n'aurai jamais de lâche complaisance.
PHILINTE. — Mais il faut suivre l'ordre; allons, disposez-vous...
ALCESTE. — Quel accommodement veut-on faire entre nous?
La voix de ces Messieurs me condamnera-t-elle
A trouver bons les vers qui font notre querelle?
Je ne me dédis point de ce que j'en ai dit,
Je les trouve méchants.
PHILINTE. — Mais, d'un plus doux esprit...
ALCESTE. — Je n'en démordrai point, les vers sont exécrables.
PHILINTE. — Vous devez faire voir des sentiments traitables.
Allons, venez.
ALCESTE. — J'irai; mais rien n'aura pouvoir
De me faire dédire.
PHILINTE. — Allons vous faire voir.
ALCESTE. — Hors qu'[1] un commandement exprès du Roi me vienne
De trouver bons les vers dont on se met en peine,
Je soutiendrai toujours, morbleu! qu'ils sont mauvais,
Et qu'un homme est pendable après les avoir faits.
(A Clitandre et Acaste, qui rient.)
Par la sangbleu[2]! Messieurs, je ne croyais pas être
Si plaisant que je suis[3].

---

1. A moins qu'un. — 2. Par le sang de Dieu : voir p. 30, n. 5. — 3. « Molière, en récitant cela, l'accompagnait d'un rire amer » (Brossette) et Boileau — qui aimait passer pour le modèle d'Alceste — a parfois repris à son compte cette réflexion.

CÉLIMÈNE. — Allez vite paraître
Où vous devez.
ALCESTE. — J'y vais, Madame, et sur mes pas
Je reviens en ce lieu pour vuider[1] nos débats.

---

1. Orthographe habituelle alors pour *vider*, qui n'apparaîtra dans le *Dictionnaire de l'Académie* qu'en 1762.

- **L'action** — Après les grandes scènes du sonnet et des portraits, où Molière nous était apparu comme un peintre de mœurs et de caractères, l'intérêt d'intrigue s'éveille : Alceste se battra-t-il en duel avec Oronte? On inclinerait à le croire, étant donné son caractère irascible; mais le duel n'a pas de place dans une comédie.

- **Satire des mœurs** — Les duels étant rigoureusement interdits depuis l'édit de septembre 1651, toutes les querelles d'honneur doivent être jugées par un tribunal composé de deux à huit Maréchaux de France (v. 751) et présidé par le doyen. Celui-ci avait à sa disposition un corps de garde « composé d'un lieutenant, d'un exempt [sous-officier exempt du service ordinaire et commandant en l'absence du lieutenant], de six gardes, d'un brigadier et d'un sous-brigadier, tous en uniforme complet ». On comprend la déférence d'Alceste (v. 749-753) à l'égard du garde : il représente des Maréchaux.
Molière a-t-il emprunté à son ami Boileau la réplique d'Alceste aux v. 769-772? Un jour que le comique invitait le satirique à l'indulgence envers Chapelain, puissant dispensateur des pensions royales dont Boileau n'était pas encore favorisé : « Oh! le Roi et M. Colbert feront ce qu'il leur plaira, dit Boileau brusquement; mais, à moins que le Roi m'ordonne expressément de trouver bons les vers de Chapelain, je soutiendrai toujours qu'un homme après avoir fait *la Pucelle* mérite d'être pendu » (d'après Brossette).
On rapprochera ce mot de Boileau du mot de Balzac cité p. 45. On le rapprochera aussi du mot de Malherbe à un homme de robe qui « luy apporta de fichûs vers » : « Avez-vous esté condamné à estre pendû, ou à faire des vers? car, à moins que cela, on ne vous le sçauroit pardonner » (Tallemant des Réaux, *Historiettes*, Pléiade, I, p. 123).

① Le jaloux est un « caractère » traditionnellement comique; mais l'art de Molière s'est élevé de la jalousie du Barbouillé à la jalousie d'Alceste.

② Commentez ces propos d'Alain (19 octobre 1927) : « Arnolphe est ridicule, parce qu'il ne pense même pas qu'Agnès puisse former une opinion ou avoir une préférence. Alceste est ridicule aussi, parce que, tout en aimant selon la règle chevaleresque, il n'a pourtant point compris la règle du jeu, qui est que Célimène se plaira d'abord à déplaire, afin d'essayer ce grand pouvoir qu'on lui a noblement remis. »

③ Expliquez ce jugement d'Alain (*Propos* du 7 juin 1932) : « Célimène s'enferme à clef dans son apparence dès qu'Alceste gronde. »

④ Commentez ce jugement de M. André Rousseaux (*le Monde classique*, 1946) : « Alceste est l'homme d'un grand amour contre les roueries d'une coquette. »

ACTE III

Scène première. — CLITANDRE, ACASTE.

CLITANDRE. — Cher Marquis, je te vois l'âme bien satisfaite:
Toute chose t'égaye, et rien ne t'inquiète.
En bonne foi, crois-tu, sans t'éblouir les yeux,
Avoir de grands sujets de paraître joyeux?

ACASTE. — Parbleu! je ne vois pas, lorsque je m'examine,
Où prendre aucun sujet d'avoir l'âme chagrine.
J'ai du bien, je suis jeune, et sors d'une maison
Qui se peut dire noble avec quelque raison;
Et je crois, par le rang que me donne ma race,
Qu'il est fort peu d'emplois dont je ne sois en passe[1].
Pour le cœur[2], dont surtout nous devons faire cas,
On sait, sans vanité, que je n'en manque pas,
Et l'on m'a vu pousser, dans le monde, une affaire[3]
D'une assez vigoureuse et gaillarde manière.
Pour de l'esprit, j'en ai sans doute, et du bon goût
A[4] juger sans étude et raisonner[5] de tout,
A faire aux nouveautés, dont je suis idolâtre,
Figure de savant sur les bancs du théâtre[6],
Y décider en chef, et faire du fracas
A tous les beaux endroits qui méritent des ahs[7].
Je suis assez adroit; j'ai bon air, bonne mine,
Les dents belles surtout, et la taille fort fine.
Quant à se mettre bien, je crois, sans me flatter,
Qu'on serait mal venu de me le disputer.
Je me vois dans[8] l'estime autant qu'on y puisse être,
Fort aimé du beau sexe, et bien auprès du maître[9].
Je crois qu'avec cela, mon cher Marquis, je croi
Qu'on peut, par tout pays, être content de soi.

CLITANDRE. — Oui; mais, trouvant ailleurs des conquêtes faciles,
Pourquoi pousser ici des soupirs inutiles?

---

1. Terme de jeu : *être en passe*, au jeu de mail (maillet), c'était avoir sa boule devant la *passe* (l'arceau ou le trou), il ne restait plus qu'à la pousser. La métaphore est précieuse, mais elle commençait à entrer dans le langage courant. — 2. Courage : cf. « Rodrigue, as-tu du *cœur*? ». — 3. Un duel : voir le v. 754. — 4. Pour juger. — 5. Se rappeler l'affirmation de Mascarille (*les Précieuses ridicules*, sc. 10) : « Les gens de qualité savent tout sans avoir jamais rien appris ». Molière est constant dans sa critique des mœurs. — 6. Les banquettes de scène (voir p. 3) qui subsisteront jusqu'en 1759, date à laquelle le comte de Lauraguais, répondant au désir de Voltaire, indemnisera les comédiens français afin qu'ils puissent débarrasser le « plateau » pour y installer de vrais décors. — 7. Devenue nom, par dérivation impropre, l'exclamation suit la règle générale du pluriel. — 8. En estime, estimé. — 9. Le roi.

ACASTE. — Moi? Parbleu! je ne suis de taille ni d'humeur[1]
A pouvoir d'une belle essuyer la froideur.
C'est aux gens mal tournés, aux mérites vulgaires,
A brûler constamment[2] pour des beautés sévères,
A languir à leurs pieds et souffrir leurs rigueurs,
A chercher le secours des soupirs et des pleurs,
Et tâcher, par des soins d'une très longue suite[3],
D'obtenir ce qu'on nie[4] à leur peu de mérite.
Mais les gens de mon air, Marquis, ne sont pas faits
Pour aimer à crédit[5] et faire tous les frais.
Quelque rare que soit le mérite des belles,
Je pense, Dieu merci, qu'on vaut son prix comme elles;
Que, pour se faire honneur d'un cœur comme le mien,
Ce n'est pas la raison[6] qu'il ne leur coûte rien,
Et qu'au moins, à tout mettre en de justes balances,
Il faut qu'à frais communs se fassent les avances.

CLITANDRE. — Tu penses donc, Marquis, être fort bien[7] ici?

ACASTE. — J'ai quelque lieu, Marquis, de le penser ainsi.

CLITANDRE. — Crois-moi, détache-toi de cette erreur extrême :
Tu te flattes, mon cher, et t'aveugles toi-même.

ACASTE. — Il est vrai, je me flatte et m'aveugle en effet.

CLITANDRE. — Mais qui[8] te fait juger ton bonheur si parfait?

ACASTE. — Je me flatte.

---

1. Il faudrait, selon Vaugelas, répéter le *ni*. — 2. Avec constance, fidélité. — 3. Selon l'usage précieux, raillé par Molière en 1659 dans *les Précieuses ridicules* (sc. 4) : « Il faut qu'un amant, pour être agréable... ». — 4. « *Nier* signifie aussi *refuser* » (*Dict. de Furetière*, 1690). — 5. Les « belles » doivent payer comptant : la métaphore est « filée », selon l'usage précieux, jusqu'au v. 822. — 6. Il n'est pas raisonnable. — 7. Bien vu. — 8. Qu'est-ce qui?

• **Satire des mœurs** — Une tension presque dramatique avait marqué la fin du second acte. Le troisième commence par un tableau satirique, sans méchanceté, qui fait sourire : le portrait des petits marquis, déjà présenté dans *l'Impromptu de Versailles* (sc. 1) : « Le marquis aujourd'hui est le plaisant de la comédie; et comme dans toutes les comédies anciennes on voit toujours un valet bouffon qui fait rire les auditeurs, de même dans toutes nos pièces de maintenant il faut toujours un marquis qui divertisse la compagnie. »

Dans *les Fâcheux* (I, 1), Molière avait raillé les marquis assis sur la scène et qui gênaient les comédiens (mais le directeur de théâtre ne se plaignait pas, car les places de scène étaient fort chères) :

> Un homme à grands canons est entré brusquement
> En criant : « Holà-Ho! un siège promptement! »
> Et de son grand fracas surprenant l'assemblée,
> Dans le plus bel endroit a la pièce troublée.

CLITANDRE. — Sur quoi fonder tes conjectures?
ACASTE. — Je m'aveugle.
CLITANDRE. — En as-tu des preuves qui soient sûres?
ACASTE. — Je m'abuse, te dis-je.
CLITANDRE. — Est-ce que de ses vœux[1]
Célimène t'a fait quelques secrets aveux?
ACASTE. — Non, je suis maltraité.
CLITANDRE. — Réponds-moi, je te prie.
ACASTE. — Je n'ai que des rebuts.
CLITANDRE. — Laissons la raillerie,
Et me dis quel espoir on peut t'avoir donné.
ACASTE. — Je suis le misérable, et toi le fortuné;
On a pour ma personne une aversion grande,
Et quelqu'un de ces jours, il faut que je me pende.
CLITANDRE. — Oh çà, veux-tu, Marquis, pour ajuster nos vœux[2],
Que nous tombions d'accord d'une chose tous deux?
Que qui pourra montrer une marque certaine
D'avoir meilleure part au cœur de Célimène,
L'autre ici fera place au vainqueur prétendu
Et le délivrera d'un rival assidu?
ACASTE. — Ah! parbleu! tu me plais avec un tel langage,
Et du bon de mon cœur à cela je m'engage,
Mais, chut!

SCÈNE II. — CÉLIMÈNE, ACASTE, CLITANDRE.

CÉLIMÈNE. — Encore ici?
CLITANDRE. — L'amour retient nos pas.
CÉLIMÈNE. — Je viens d'ouïr entrer un carrosse là-bas[3];
Savez-vous qui c'est?
CLITANDRE. — Non.

SCÈNE III. — BASQUE, CÉLIMÈNE, ACASTE, CLITANDRE.

BASQUE. — Arsinoé, Madame,
Monte ici pour vous voir.
CÉLIMÈNE. — Que me veut cette femme[4]?
BASQUE. — Éliante, là-bas, est à l'entretenir.

1. Amours; dans ce sens, le mot *vœu* est très répandu : « La cour sera toujours du parti dé vos vœux » (*Bérénice*, v. 350). — 2. Concilier nos sentiments. — 3. Voir p. 40, n. 1. — 4. Célimène ne saurait-elle pas cacher son mépris devant un domestique? mais on ne se souciait pas d'un laquais, alors.

CÉLIMÈNE. — De quoi s'avise-t-elle et qui[1] la fait venir?
ACASTE. — Pour prude consommée[2] en tous lieux elle passe,
Et l'ardeur de son zèle...[3]
CÉLIMÈNE. — Oui, oui, franche grimace[4];
Dans l'âme elle est du monde[5], et ses soins tentent tout
Pour accrocher quelqu'un, sans en venir à bout.
Elle ne saurait voir qu'avec un œil d'envie
Les amants déclarés dont une autre est suivie;
Et son triste mérite, abandonné de tous,
Contre le siècle aveugle est toujours en courroux.
Elle tâche à[6] couvrir d'un faux voile de prude
Ce que chez elle on voit d'affreuse solitude,
Et pour sauver l'honneur de ses faibles appas,
Elle attache du crime au pouvoir qu'ils n'ont pas.
Cependant un amant plairait fort à la dame,
Et même pour Alceste elle a tendresse d'âme;
Ce qu'il me rend de soins outrage ses attraits,
Elle veut que ce soit un vol que je lui fais,
Et son jaloux dépit, qu'avec peine elle cache,
En tous endroits, sous main, contre moi se détache[7].
Enfin je n'ai rien vu de si sot à mon gré;
Elle est impertinente[8] au suprême degré,
Et...

---

1. Qu'est-ce qui : voir le v. 828. — 2. Achevée. — 3. Sens propre : ferveur religieuse. Molière reprend le personnage esquissé dans *Tartuffe* (v. 121-140) sous le nom d'Orante. — 4. Hypocrisie semblable à celle du *pied plat* dénoncé par Alceste au v. 137. — 5. Terme ecclésiastique; l'homme subit deux appels opposés : celui *du monde* et celui de Dieu. — 6. Voir p. 36, n. 8. — 7. Se déchaîne. — 8. « Nous appelons [...] *impertinent* celui qui, par faute d'esprit, dit tout autre chose que ce qu'il devrait dire » (le P. Garasse) : voir p. 62, n. 5.

- **L'art classique** — La rivalité de Clitandre et d'Acaste fait un pendant comique à la rivalité d'Alceste et d'Oronte (v. 413-438).
Molière a l'art de préparer l'entrée (voir p. 53 l'entrée de Célimène) de ses personnages : nous savions, depuis le v. 216, que la prude Arsinoé voit Alceste *d'un œil fort doux ;* nous ne sommes pas fâchés de connaître cette amoureuse.

- **Les caractères** — Si CÉLIMÈNE se montre cruelle pour Arsinoé, on peut en chercher les raisons :
— l'attitude d'une prude est un vivant blâme pour une coquette (v. 857-860);
— la femme « entourée » méprise celle qui ne retient pas les galants (v. 861-864);
— une femme d'esprit déteste la sottise.
Bélise n'est qu'une sotte; Arsinoé est une prude dans le mauvais sens du mot (voir p. 38, n. 4), une hypocrite, une sorte de Tartuffe féminin.

Scène IV. — ARSINOÉ, CÉLIMÈNE, CLITANDRE, ACASTE.

CÉLIMÈNE. — Ah! quel heureux sort en ce lieu vous amène?
Madame, sans mentir[1], j'étais de vous en peine.
ARSINOÉ. — Je viens pour quelque avis que j'ai cru vous devoir.
CÉLIMÈNE. — Ah! mon Dieu, que je suis contente de vous voir!
(Clitandre et Acaste sortent en riant.)
ARSINOÉ. — Leur départ ne pouvait plus à propos se faire.
CÉLIMÈNE. — Voulons-nous nous asseoir?
ARSINOÉ. — Il n'est pas nécessaire,
Madame. L'amitié doit surtout éclater
Aux[2] choses qui le plus nous peuvent importer;
Et, comme il n'en est point de plus grande importance
Que celles de l'honneur et de la bienséance,
Je viens, par un avis qui touche votre honneur,
Témoigner l'amitié que pour vous a mon cœur.
Hier[3], j'étais chez des gens de vertu singulière,
Où sur vous du discours[4] on tourna la matière;
Et là, votre conduite, avec ses grands éclats[5],
Madame, eut le malheur qu'on ne la loua pas.
Cette foule de gens dont vous souffrez visite,
Votre galanterie[6], et les bruits qu'elle excite,
Trouvèrent des censeurs plus qu'il n'aurait fallu,
Et bien plus rigoureux que je n'eusse voulu.
Vous pouvez bien penser quel parti je sus prendre :
Je fis ce que je pus pour vous pouvoir défendre,
Je vous excusai fort sur votre intention
Et voulus de votre âme être la caution.
Mais vous savez qu'il est des choses dans la vie
Qu'on ne peut excuser, quoiqu'on en ait envie;
Et je me vis contrainte à demeurer d'accord
Que l'air[7] dont vous vivez vous faisait un peu tort,

---

1. Effectivement, elle ne ment pas, si l'on interprète ironiquement l'expression *être en peine.* — 2. Dans les choses. — 3. Il faut faire la synérèse : une seule émission de voix pour cette diphtongue, au XVIIe s. Cependant, Molière avait utilisé la diérèse dans *l'École des femmes,* au v. 514. — 4. Discours : « se dit tant des discours oratoires que des entretiens familiers » (*Dict. de Furetière,* 1690). — 5. Une veuve était tenue à la discrétion; certaines se retiraient dans des appartements dépendant d'un couvent. Cependant, selon Gabriel Gilbert, auteur des *Intrigues amoureuses,* comédie jouée en 1666, les femmes à la mode prenaient beaucoup de liberté avec les bonnes mœurs : voir p. 115. — 6. Accusation perfide : une coquette reçoit les hommages, une femme galante les provoque. — 7. Mot à la mode (pour : la façon), « tout à fait du bel usage » selon le P. Bouhours (1671) : voir les v. 48 et 1351.

Qu'il prenait dans le monde une méchante face,
Qu'il n'est conte fâcheux que partout on n'en fasse,
Et que, si vous vouliez, tous vos déportements[1]
Pourraient moins donner prise aux mauvais jugements.
Non que j'y croie, au fond, l'honnêteté blessée;
Me préserve le Ciel d'en avoir la pensée!
Mais aux ombres[2] du crime[3] on prête aisément foi,
Et ce n'est pas assez de bien vivre pour soi.
Madame, je vous crois l'âme trop raisonnable
Pour ne pas prendre bien cet avis profitable,
Et pour l'attribuer qu'aux[4] mouvements[5] secrets
D'un zèle qui m'attache à tous vos intérêts.

1. « Conduite et manière de vivre » (*Dict. de Furetière*, 1690). — 2. Aux apparences. — 3. Faute contre la loi, ici la loi morale. Le mot tend à prendre aujourd'hui un sens très restreint : meurtre. — 4. Ellipse : à autre chose qu'aux mouvements; cette ellipse commençait à vieillir puisqu'en 1660 Corneille l'avait bannie de ses œuvres en les revisant. — 5. Voir p. 35, n. 2.

- **Les caractères** — Le petit discours d'ARSINOÉ a été fort bien préparé car elle devait affronter une rivale redoutable :
  — Arsinoé refuse un siège (v. 878) : c'est déjà une déclaration de guerre;
  — toute la page est fondée sur l'ironie, le persiflage. Célimène avait pressenti l'ironie de sa rivale : elle-même s'était préparée à l'accueillir en aiguisant sa propre ironie : *heureux sort* (v. 873), *contente* (v. 876).
- **L'ironie** — Cette figure de style consiste, nous l'avons observé (p. 60, n. 7), à dire le contraire de ce que l'on pense, mais en sachant bien que l'interlocuteur ne se trompera pas sur l'intention.

Principaux accents ironiques	**comprenons :**
v. 879 : *amitié* (ce mot, entre tous savoureux, est répété au v. 884).	l'inimitié.
v. 888 : *malheur.*	Arsinoé eut plaisir à le constater.
v. 891 : *plus que.*	moins que.
v. 892 : *bien plus.*	bien moins.
v. 893 : *quel parti.*	le parti des censeurs.
v. 894 : *ce que je pus.*	le moins que je pus.
v. 895 : *excusai.*	accusai.
v. 896 : *la caution.*	l'accusatrice.
v. 898 : *envie*	on n'en a aucune envie.
v. 899 : *contrainte.*	heureuse de.
v. 905 : *non que j'y croie.*	j'y crois.
v. 906 : *me préserve le Ciel!*	que le Ciel me pardonne!
v. 912 : *un zèle.*	une haine.

Nous avons là un petit chef-d'œuvre d'ironie qui se termine sur une véritable « pointe ».

CÉLIMÈNE. — Madame, j'ai beaucoup de grâces à vous rendre.
Un tel avis m'oblige et, loin de le mal prendre,
J'en prétends reconnaître, à l'instant, la faveur,
Par un avis aussi qui touche votre honneur;
Et, comme je vous vois vous montrer mon amie
En m'apprenant les bruits que de moi l'on publie,
Je veux suivre, à mon tour, un exemple si doux
En vous avertissant de ce qu'on dit de vous.
En un lieu, l'autre jour, où je faisais visite,
Je trouvai quelques gens d'un très rare mérite,
Qui, parlant des vrais soins[1] d'une âme qui vit bien,
Firent tomber sur vous, Madame, l'entretien.
Là, votre pruderie et vos éclats de zèle
Ne furent pas cités comme un fort bon modèle :
Cette affectation d'un grave extérieur,
Vos discours éternels de sagesse et d'honneur,
Vos mines et vos cris aux ombres d'indécence
Que d'un mot ambigu[2] peut avoir l'innocence,
Cette hauteur d'estime où vous êtes de vous,
Et ces yeux de pitié que vous jetez sur tous[3],
Vos fréquentes leçons et vos aigres censures
Sur des choses qui sont innocentes et pures,
Tout cela, si je puis vous parler franchement,
Madame, fut blâmé d'un commun sentiment.
« A quoi bon, disaient-ils, cette mine modeste,
Et ce sage dehors que dément tout le reste?
Elle est à bien prier exacte au dernier point;
Mais elle bat ses gens et ne les paye point[4].
Dans tous les lieux dévots elle étale un grand zèle;
Mais elle met du blanc et veut paraître[5] belle.
Elle fait des tableaux couvrir les nudités;
Mais elle a de l'amour pour les réalités[6]. »

1. Soucis, objets d'attention. — 2. Durant la querelle de *l'École des femmes*, on avait reproché à Molière ses équivoques (voir p. 46, n. 1), ses mots ambigus, dont le sens apparent était acceptable par tout le monde mais qui pouvaient avoir une signification grossière. Ces équivoques furent peut-être une conséquence indirecte de la préciosité qui bannissait du langage (voir notre édition des *Précieuses ridicules*) le vocabulaire « gaulois » dont Rabelais (comme tous les hommes de son temps) avait fait un abondant usage. — 3. Sur la rime, voir p. 32, n. 7. — 4. Battre ses domestiques, « ce n'est pas sans exemple en France », observera la duchesse d'Orléans le 16 avril 1721. Au XVIIe s., les grands seigneurs s'en faisaient honneur et la noblesse de moins haut rang les imitait parfois (voir le dénouement des *Précieuses ridicules*); Tallemant des Réaux rapporte (éd. Adam, I, p. 343) : « Le Roy [Louis XIII] ne vouloit pas que ses premiers valets de chambre fussent gentilshommes; car il disoit qu'il vouloit les pouvoir battre, et il ne croyoit pas pouvoir battre un gentilhomme sans se faire tort. » Bien prononcer *pay — e point*, l'*e* n'étant pas élidé. — 5. Le verbe n'est-il pas magnifique de rosserie? — 6. Par opposition à sa rivale, Célimène montre quelque ressemblance avec Boileau qui appelait « un chat, un chat, et Rollet un fripon ».

Pour moi, contre chacun je pris votre défense,
Et leur assurai fort que c'était médisance;
Mais tous les sentiments combattirent le mien,
Et leur conclusion fut que vous feriez bien
De prendre moins de soin des actions des autres,
Et de vous mettre un peu plus en peine des vôtres;
Qu'on doit se regarder soi-même un fort long temps
Avant que de songer à condamner les gens;
Qu'il faut mettre le poids d'une vie exemplaire
Dans les corrections qu'aux autres on veut faire;
Et qu'encor vaut-il mieux s'en remettre, au besoin,
A ceux à qui le Ciel en a commis le soin.
Madame, je vous crois aussi trop raisonnable
Pour ne pas prendre bien cet avis profitable,
Et pour l'attribuer qu'aux mouvements secrets
D'un zèle qui m'attache à tous vos intérêts.

- **Satire des mœurs** — On pourrait nommer cette scène la sc. du persiflage féminin : autre aspect de la vie mondaine après la sc. du sonnet et la sc. des portraits. Depuis qu'au XVIe s., gagnées par la mode, les femmes régissaient la vie mondaine, elles se livraient avec délectation à des assauts où l'envie, la jalousie aiguisaient l'esprit (Arsinoé le dira au v. 1028) : il fallait que Molière, ce grand observateur de son temps, en fît état.
Arsinoé nous est présentée essentiellement comme une hypocrite, et le trait sur lequel insiste Célimène est l'hypocrisie religieuse : le mot *zèle* (ferveur religieuse) figure deux fois dans la tirade (v. 925 et 941), et chaque fois accentué par la rime. On sent que la querelle du *Tartuffe* n'est pas terminée. Présentée à Versailles le 12 mai 1664, la comédie ne sera offerte sans retour au public du Palais-Royal que le 5 février 1669 : trois ans après *le Misanthrope*.

- **Les caractères** — CÉLIMÈNE n'a pu préparer son discours de remerciement, et cependant elle triomphera dans ce duel oratoire, en calquant la construction de son discours sur le modèle offert par Arsinoé (qu'est-ce qu'une parodie?) :
— Introduction (mais de 8 v. au lieu de 6 et demi);
— anecdote (mais de 36 v. au lieu de 24);
— conclusion reprise mot pour mot (sauf un hémistiche).
① Relevez tous les termes où s'inscrit l'ironie de Célimène, en vous référant aux indications de la p. 73.
② Étudiez l'anecdote (v. 921-956) et montrez que, malgré la différence de dimension, elle se déroule de la même façon que l'anecdote rapportée par Arsinoé (v. 885-908).
③ La notion d'honneur, évoquée par Arsinoé au v. 882 et par Célimène au v. 916, est-elle la même que la notion d'honneur sur laquelle repose la tragédie du *Cid?* Vous essayerez de définir l'une et l'autre et, si cela est possible, de leur découvrir des traits communs.

ARSINOÉ. — A quoi qu'en reprenant[1] on soit assujettie[2],
Je ne m'attendais pas à cette repartie,
Madame[3], et je vois bien, par ce qu'elle a d'aigreur,
Que mon sincère avis vous a blessée au cœur.

CÉLIMÈNE. — Au contraire, Madame; et si l'on était sage,
Ces avis mutuels seraient mis en usage :
On détruirait par là, traitant[4] de bonne foi,
Ce grand aveuglement où chacun est pour soi.
Il ne tiendra qu'à vous qu'avec le même zèle[5]
Nous ne continuions cet office fidèle,
Et ne prenions grand soin de nous dire entre nous
Ce que nous entendrons, vous de moi, moi de vous.

ARSINOÉ. — Ah! Madame, de vous je ne puis rien entendre;
C'est en moi que l'on peut trouver fort à reprendre.

CÉLIMÈNE. — Madame, on peut, je crois, louer et blâmer tout,
Et chacun a raison, suivant l'âge ou le goût.
Il est une saison pour la galanterie;
Il en est une aussi propre à la pruderie.
On peut, par politique[6], en prendre le parti,
Quand de nos jeunes ans l'éclat est amorti :
Cela sert à couvrir de fâcheuses disgrâces[7].
Je ne dis pas qu'un jour je ne suive vos traces[8] :
L'âge amènera tout, et ce n'est pas le temps,
Madame, comme on sait, d'être prude à vingt ans.

ARSINOÉ. — Certes, vous vous targuez d'un bien faible avantage,
Et vous faites sonner terriblement votre âge[9].
Ce que de plus que vous on en pourrait avoir
N'est pas un si grand cas[10] pour s'en tant prévaloir;
Et je ne sais pourquoi votre âme ainsi s'emporte,
Madame, à me pousser de cette étrange sorte.

---

1. *En reprenant* quelqu'un sur sa conduite, par des reproches et des conseils. — 2. Exposée. — 3. Le rejet donne l'impression que ce terme de politesse, *Madame*, vient difficilement aux lèvres d'Arsinoé. — 4. Le verbe *traiter* a un sens très général alors : avoir affaire avec quelqu'un, avoir des rapports avec lui, discuter, échanger des propos. — 5. Sens général et non sens religieux; le mot *office*, au v. suivant, signifie : échange de bons procédés. — 6. Par calcul. — 7. Disgrâces évoquées par La Fontaine dans « la Fille », fable qui fait pendant au « Héron » :

L'âge la fit déchoir : adieu tous les amants.
Un an se passe, et deux, avec inquiétude;
Le chagrin vient ensuite; elle sent chaque jour
Déloger quelques Ris, quelques Jeux, puis l'Amour;
Puis ses traits choquer et déplaire [..,]
Les ruines d'une maison
Se peuvent réparer; que n'est cet avantage
Pour les ruines du visage?

— 8. et 9. Sur la rime, voir p. 32, n. 7. — 10. « *Cas* [...] signifie aussi *chose* » (*Dict de l'Acad.*, 1694) et *ce n'est pas grand cas* signifie : *ce n'est pas grand'chose.*

CÉLIMÈNE. — Et moi, je ne sais pas, Madame, aussi pourquoi
On vous voit, en tous lieux, vous déchaîner[1] sur moi.
Faut-il de vos chagrins, sans cesse, à moi vous prendre?
Et puis-je mais[2] des soins qu'on ne va pas vous rendre?
Si ma personne aux gens inspire de l'amour,
Et si l'on continue à m'offrir chaque jour
Des vœux que votre cœur peut souhaiter qu'on m'ôte,
Je n'y saurais que faire, et ce n'est pas ma faute :
Vous avez le champ libre, et je n'empêche pas
Que, pour les attirer, vous n'ayez des appas.

---

1. Métaphore toute nouvelle, selon le P. Bouhours, si bien que la construction était encore indécise, tantôt avec *sur*, comme ici, tantôt avec *contre*, comme aujourd'hui. — 2. Le savant Ménage expliquait le *mais* de *n'en pouvoir mais* par le latin *magis* (davantage); *je n'en puis mais* signifierait donc : « je ne puis davantage ». Comprenons : Et qu'y puis-je si l'on ne va pas vous rendre des soins, vous courtiser?

- **Les caractères** — Nous assistons à la défaite d'Arsinoé et au triomphe de Célimène.
  — ARSINOÉ se réfugie dans le mensonge (*sincère*, v. 964, n'est pas ironique); dans la modestie artificieuse : v. 973-974; dans l'aigreur : v. 985-986.
  — CÉLIMÈNE ironise avec allégresse (v. 965-972), puis donne une verte leçon à celle qui est venue l'attaquer avec du miel empoisonné (v. 975-984, 991-1000). Avec l'égoïsme de la jeunesse, elle se montre impitoyable sur l'âge d'Arsinoé (v. 977, 978 et surtout 981). Elle termine sa vigoureuse leçon par un défi gagné d'avance : 999-1000.
- **L'action** — Il faudra pourtant se souvenir de ce défi, et de la précision des v. 983-984. En défiant Arsinoé, Célimène a signé sa perte. C'est Arsinoé, en effet, qui déclenchera le dénouement en procurant à Alceste un document accablant pour Célimène.

  ① Partant de ce fait, vous composerez une fable ou un scénario pour dessins animés montrant qu'il ne faut pas défier plus petit que soi.

  ② Célimène avoue vingt ans au v. 984. Quel âge donnez-vous à Arsinoé? Célimène la vieillit certainement beaucoup : *un jour*, dit-elle (v. 982); que ce jour paraît loin! Et pourtant, quand Célimène sera déconsidérée après le scandale du dénouement, à son tour elle connaîtra le sort d'Arsinoé; plus personne ne viendra la voir, elle saura effectivement qu'il est une saison *propre à la pruderie.*

  ③ Étudiez l'effet produit par le *Madame* des v. 963, 965, 973, 975, 984, 990, 991. N'y a-t-il pas là un comique de mots? Sur quelle opposition est-il fondé?

  ④ Célimène a fait (p. 71) le portrait d'Arsinoé : c'est le dixième portrait figurant dans la pièce et le second portrait de femme. Pourquoi est-il plus piquant encore que celui de Bélise?

ARSINOÉ. — Hélas! et croyez-vous que l'on[1] se mette en peine
De ce nombre d'amants dont vous faites la vaine,
Et qu'il ne nous soit pas fort aisé de juger
A quel prix aujourd'hui l'on peut les engager?
Pensez-vous faire croire, à voir comme tout roule,
Que votre seul mérite[2] attire cette foule?
Qu'ils ne brûlent pour vous que d'un honnête amour,
Et que pour vos vertus[3] ils vous font tous la cour?
On ne s'aveugle point par de vaines défaites[4],
Le monde n'est point dupe; et j'en vois[5] qui sont faites
A pouvoir inspirer de tendres sentiments,
Qui chez elles pourtant ne fixent point d'amants;
Et de là nous pouvons tirer des conséquences,
Qu'on n'acquiert point leurs cœurs sans de grandes avances,
Qu'aucun pour nos beaux yeux n'est notre soupirant,
Et qu'il faut acheter[6] tous les soins qu'on nous rend.
Ne vous enflez donc point d'une si grande gloire[7]
Pour les petits brillants[8] d'une faible victoire,
Et corrigez un peu l'orgueil de vos appas
De[9] traiter pour cela les gens de haut en bas.
Si nos yeux enviaient les conquêtes des vôtres,
Je pense qu'on pourrait faire comme les autres,
Ne se point ménager[10], et vous faire bien voir
Que l'on a des amants quand on en veut avoir.

CÉLIMÈNE. — Ayez-en donc, Madame, et voyons cette affaire :
Par ce rare secret efforcez-vous de plaire,
Et sans...

ARSINOÉ. — Brisons, Madame, un pareil entretien :
Il pousserait trop loin votre esprit et le mien;
Et j'aurais pris déjà le congé qu'il faut prendre,
Si mon carrosse encor ne m'obligeait d'attendre.

CÉLIMÈNE. — Autant qu'il vous plaira vous pourrez arrêter[11],
Madame, et là-dessus rien ne doit vous hâter;
Mais, sans vous fatiguer de ma cérémonie[12],
Je m'en vais vous donner meilleure compagnie;

---

1. Tournure impersonnelle, caractéristique d'un siècle où la bonne éducation interdisait de parler de soi. — 2. Dans le sens galant du mot. — 3. Même remarque. — 4. Échappatoires auxquelles personne ne se laisse prendre. — 5. Voir la n. 1. — 6. Métaphore précieuse. — 7. « Orgueil, présomption, bonne opinion qu'on a de soi-même » (*Dict. de Furetière*, 1690). — 8. Pour l'éclat. — 9. Construction obscure : qui vous pousse à traiter. — 10. Ne point se conduire avec prudence; on disait : ménager son bien, ménager sa conduite. — 11. Sens réfléchi : vous arrêter. — 12. « Déférences qu'on se fait les uns aux autres par civilité et honnêteté » (*Dict. de Furetière*, 1690).

Et Monsieur, qu'à propos le hasard fait venir,
Remplira mieux ma place à vous entretenir.
Alceste, il faut que j'aille écrire un mot de lettre
Que, sans me faire tort, je ne saurais remettre.
Soyez avec Madame: elle aura la bonté
D'excuser aisément mon incivilité.

- **Les caractères** — Fouettée par Célimène, ARSINOÉ contre-attaque et, sans hypocrisie cette fois, dit à sa rivale détestée ce qu'elle a sur le cœur :
— Du v. 1004 au v. 1024, elle l'accuse de galanterie, ce qui est grave, et non de coquetterie, défaut très pardonnable, considéré même comme une qualité féminine fondamentale : sur la différence entre ces deux mots, voir p. 72, n. 6;
— après quoi, comme si elle se reconnaissait battue, elle abandonne le combat : v. 1027. Nous saurons bientôt ce qu'il faut penser de cet abandon : cessant de combattre Célimène en face, elle travaillera dans l'ombre et la perdra.

- **Satire des mœurs** — A travers cette dispute, on aperçoit toute la civilité du XVIIe siècle. Le mot *aujourd'hui* (v. 1004) semble signifier que les mœurs ont évolué dans le sens de la corruption (voir p. 115). Est-ce l'opinion de Molière qui, une fois de plus, oppose la « nouvelle Cour », les petits marquis, à l' « ancienne Cour »? Veut-il simplement souligner, par ce mot, l'âge d'Arsinoé? A mesure qu'on vieillit, on regrette de plus en plus le bon vieux temps, le temps où l'on était l'objet de maintes attentions, et promis à toutes les espérances.
Dans son édition des *Historiettes* de Tallemant (I, 1960, p. 1064), M. Adam a rapproché la querelle entre Célimène et Arsinoé d'une anecdote assez piquante concernant Boisrobert et Mme Sauvé (ou Sauvay).

- **Les thèses** — Acaste professe une théorie de l'amour galant qui s'oppose à la théorie de l'amour-passion exposée par Alceste (voir p. 39). La fatuité d'Acaste n'a rien de satanique : selon Primi Visconti, les jeunes hommes d'alors méprisaient les femmes, marchaient sur leur jupe sans s'excuser, évitaient de leur baiser la main, voire de les saluer : mœurs opposées à celles du roi, l'homme de la « Vieille Cour ».

① Quels sentiments incitent Célimène à préparer (v. 1034-1040) le tête-à-tête entre Alceste et Arsinoé?
Célimène ne nourrit-elle pas quelque rancune contre son « amant », depuis la sc. 4 de l'acte II? Elle le punit plaisamment en lui donnant pour compagnie une femme qui le poursuit et qu'il n'aime pas.
Par là-même, ne prévoit-elle pas qu'Arsinoé va se trouver punie elle aussi, puisque ses avances seront durement repoussées? *Ayez* [donc des amants], *et voyons cette affaire*, a dit Célimène au v. 1025. Elle complète ce défi en offrant à sa rivale d'exercer immédiatement ses talents.
Elle fait donc d'une pierre deux coups : c'est une femme d'esprit.

SCÈNE V. — ALCESTE, ARSINOÉ.

ARSINOÉ. — Vous voyez, elle veut que je vous entretienne,
Attendant un moment que mon carrosse vienne;
Et jamais tous ses soins ne pouvaient m'offrir rien
Qui me fût plus charmant qu'un pareil entretien.
En vérité, les gens d'un mérite sublime
Entraînent de chacun et l'amour et l'estime[1];
Et le vôtre, sans doute, a des charmes secrets
Qui font entrer mon cœur dans tous vos intérêts.
Je voudrais que la cour, par un regard propice,
A ce que vous valez rendît plus de justice :
Vous avez à vous plaindre, et je suis en courroux
Quand je vois chaque jour qu'on ne fait rien pour vous.

ALCESTE. — Moi, Madame? Et sur[2] quoi pourrais-je en rien prétendre?
Quel service à l'État est-ce qu'on m'a vu rendre?
Qu'ai-je fait, s'il vous plaît, de si brillant de soi[3]
Pour me plaindre à la cour qu'on ne fait rien pour moi?

ARSINOÉ. — Tous ceux sur qui la cour jette des yeux propices
N'ont pas toujours rendu de ces fameux services.
Il faut l'occasion, ainsi que le pouvoir;
Et le mérite enfin que vous nous faites voir
Devrait...

ALCESTE. — Mon Dieu! laissons mon mérite, de grâce;
De quoi voulez-vous là que la cour s'embarrasse?
Elle aurait fort à faire, et ses soins seraient grands
D'avoir à déterrer le mérite des gens[4].

ARSINOÉ. — Un mérite éclatant se déterre lui-même;
Du vôtre, en bien des lieux, on fait un cas extrême,
Et vous saurez de moi qu'en deux fort bons endroits
Vous fûtes hier loué[5] par des gens d'un grand poids.

ALCESTE. — Eh! Madame, l'on loue aujourd'hui tout le monde,
Et le siècle par là n'a rien qu'on ne confonde[6] :
Tout est d'un grand mérite également doué,
Ce n'est plus un honneur que de se voir loué;

---

1. Elle n'avouera que son *estime* pour Alceste, la pudeur (*l'honneur* évoqué au v. 883) lui interdisant d'aller plus loin, mais le mot *amour* a été glissé. — 2. A quoi, à quelle charge, à quel emploi? — 3. En soi. — 4. Il y a peut-être ici une pointe contre Chapelain, chargé de découvrir *le mérite des gens* de lettres afin d'inscrire les meilleurs sur le registre des pensions, et qui n'avait pas encore reconnu le mérite de Boileau, ami de Molière. — 5. Attention à la scansion : *hier* (synérèse, voir le v. 885), *loué* (diérèse : deux émissions de voix). — 6. Alceste refuse d'être confondu avec la foule, il est constant dans ses opinions : voir les v. 56 et 63 et la rubrique *les Caractères* p. 63.

D'éloges on regorge, à la tête on les jette,
Et mon valet de chambre est mis dans la Gazette[1].

ARSINOÉ. Pour moi, je voudrais bien que, pour vous montrer [mieux,
Une charge à la cour vous pût frapper les yeux.
Pour peu que d'y songer vous nous fassiez les mines[2],
On peut, pour vous servir, remuer des machines[3],
Et j'ai des gens en main, que j'emploierai pour vous,
Qui vous feront à tout un chemin assez doux.

---

1. Fondateur de *la Muse historique,* Jean Loret était mort en 1665, et l'on s'occupait alors beaucoup de sa succession à la direction de cette importante gazette. *La Gazette* proprement dite avait été fondée par Théophraste Renaudot, médecin du roi, et le premier numéro avait paru le 30 mai 1631. En 1672, elle devait prendre le titre de *Gazette de France.* — 2. Vous fassiez mine d'y songer. Arsinoé multiplie le langage figuré, cher aux précieuses. — 3. « Artifices dont on use pour avancer le succès d'une affaire » (*Dict. de Furetière,* 1690).

- **Les caractères** — ARSINOÉ ne se ménage pas (allusion au v. 1023) : utilisant la tactique qu'elle prêtait à Célimène, elle agit *comme les autres* (allusion au v. 1022) et, se croyant faite *à pouvoir inspirer de tendres sentiments* (v. 1011), va s'assurer *que l'on a des amants quand on en veut avoir* (v. 1024).
La prude s'essayant à la galanterie (voir *les Caractères,* p. 79) : il y a là une situation d'autant plus savoureuse qu'Arsinoé en sera pour ses frais. Elle comptait sortir de solitude et se venger de Célimène en lui prenant son « amant ». Elle s'en ira dépitée, ayant échoué devant Alceste comme devant Célimène. Mais elle aura sa revanche, nous le saurons bientôt.

- **Le comique** — Observez le parallélisme amusant entre les avances faites par Arsinoé et celles qu'avait faites Oronte à Alceste :

Oronte admire en Alceste :	**Arsinoé admire en Alceste :**
le *mérite :* v. 257; un *mérite éclatant :* v. 268; qui engendre *une estime incroyable :* v. 254.	*un mérite sublime :* v. 1045; un mérite qui a *des charmes secrets :* v. 1047; *un mérite éclatant :* v. 1065.
Il offre à Alceste :	**Elle offre à Alceste :**
quelque ouverture à la Cour : v. 289.	*une charge à la Cour :* v. 1076.

Mais, derrière le v. 1048, on entend l'écho du v. 912 : le *cœur* d'Arsinoé « entrerait » dans tous les *intérêts* d'Alceste; hélas, la même personne s'était présentée « attachée » à tous les intérêts de Célimène : fâcheuse similitude.

① Voyez-vous quelque parenté entre la conception cornélienne de l'amour et celle que supposent les paroles d'Arsinoé aux v. 1045-1048?

② Alceste annonce-t-il La Bruyère dont tout un chapitre des *Caractères,* « Du Mérite personnel », sera voué à la critique de la faveur et à l'éloge du mérite?

ALCESTE. — Et que voudriez-vous, Madame, que j'y fisse?
L'humeur dont je me sens veut que je m'en bannisse.
Le Ciel ne m'a point fait, en me donnant le jour,
Une âme compatible avec l'air de la cour;
Je ne me trouve point les vertus nécessaires
Pour y bien réussir et faire mes affaires.
Être franc et sincère est mon plus grand talent;
Je ne sais point jouer[1] les hommes en parlant,
Et qui n'a pas le don de cacher ce qu'il pense
Doit faire en ce pays fort peu de résidence.
Hors de la cour, sans doute, on n'a pas cet appui,
Et ces titres d'honneur qu'elle donne aujourd'hui;
Mais on n'a pas aussi[2], perdant ces avantages,
Le chagrin de jouer de fort sots personnages:
On n'a point à souffrir mille rebuts cruels,
On n'a point à louer les vers de Messieurs tels[3],
A donner de l'encens à Madame une telle,
Et de nos francs[4] marquis essuyer[5] la cervelle.

ARSINOÉ. — Laissons, puisqu'il vous plaît, ce chapitre de cour;
Mais il faut que mon cœur vous plaigne en votre amour;
Et, pour vous découvrir là-dessus mes pensées,
Je souhaiterais fort vos ardeurs mieux placées.
Vous méritez, sans doute, un sort beaucoup plus doux,
Et celle qui vous charme est indigne de vous.

ALCESTE. — Mais, en disant cela, songez-vous, je vous prie,
Que cette personne est, Madame, votre amie?

ARSINOÉ. — Oui; mais ma conscience est blessée en effet[6]
De souffrir plus longtemps le tort que l'on vous fait :
L'état où je vous vois afflige trop mon âme,
Et je vous donne avis qu'on trahit votre flamme.

ALCESTE. — C'est me montrer, Madame, un tendre mouvement,
Et de pareils avis obligent[7] un amant.

ARSINOÉ. — Oui, toute mon amie[8], elle est et je la nomme
Indigne d'asservir le cœur d'un galant homme;
Et le sien n'a pour vous que de feintes douceurs.

ALCESTE. — Cela se peut, Madame : on ne voit pas les cœurs;

1. Tromper, et non, comme au v. 1094 : jouer le rôle. — 2. Sens négatif de *non plus;* voir *le Dépit amoureux* (v. 236) : « Je ne vais pas *aussi*, car je suis arrêté ». — 3. Penser à Oronte; nous dirions : *Untel et Untel.* — 4. Adjectif utilisé pour accentuer le mot *marquis* comme il le fut pour accentuer (v. 124) le mot *scélérat.* — 5. Subir la sottise : Alceste utilise des métaphores précieuses. — 6. Effectivement. — 7. Le verbe fut employé par Célimène au v. 914, mais que d'ironie elle cachait derrière! Alceste utilise-t-il, à son tour, l'ironie? Oui, si l'on se réfère aux v. 1117-1118. — 8. Bien qu'elle soit mon amie : voir le v. 390.

Mais votre charité se serait bien passée
De jeter dans le mien une telle pensée.

ARSINOÉ. — Si vous ne voulez pas être désabusé,
Il faut ne vous rien dire; il[1] est assez aisé.

ALCESTE. — Non; mais sur ce sujet, quoi que l'on nous expose,
Les doutes sont fâcheux plus que toute autre chose;
Et je voudrais, pour moi, qu'on ne me fît savoir
Que ce qu'avec clarté l'on peut me faire voir.

ARSINOÉ. — Hé bien! c'est assez dit, et sur cette matière
Vous allez recevoir une pleine lumière.
Oui, je veux que de tout vos yeux vous fassent foi[2].
Donnez-moi seulement la main jusque chez moi;
Là je vous ferai voir une preuve fidèle
De l'infidélité[3] du cœur de votre belle;
Et si, pour d'autres yeux, le vôtre peut brûler,
On pourra vous offrir de quoi vous consoler.

---

1. Cela. — 2. Vous montrent les choses fidèlement. — 3. Une preuve *fidèle de l'infidélité :* l'antithèse est railleuse.

- **Les caractères** — Bien qu'il veuille souligner ses défauts (mais au fond, s'en reconnaît-il?), ALCESTE fait de lui un portrait assez sympathique (selon le goût moderne) :
  — il ne saurait être un courtisan (v. 1082-1086);
  — il est franc et sincère (v. 1087);
  — il vit en sauvage : il y a d'ailleurs de la brutalité dans la pointe qu'il lance à son interlocutrice au v. 1097.

- **Satire des mœurs** — On comparera la peinture de la Cour faite ici (v. 1083-1098) à celle que La Fontaine fera (1678) dans ses fables, notamment dans les *Obsèques de la lionne* (VIII, 14) :

  Je définis la cour un pays où les gens,
  Tristes, gais, prêts à tout, à tout indifférents,
  Sont ce qu'il plaît au prince ou, s'ils ne peuvent l'être,
  Tâchent au moins de le paraître :
  Peuple caméléon, peuple singe du maître;
  On dirait qu'un esprit anime mille corps :
  C'est bien là que les gens sont de simples ressorts.

  Plus tard encore, dans ses *Caractères*, au chapitre « de la Cour », La Bruyère introduira cette remarque du même ordre : « Un homme qui sait la Cour est maître de son geste, de ses yeux et de son visage; il est profond et impénétrable; il dissimule les mauvais offices, sourit à ses ennemis, contraint son humeur, déguise ses passions, dément son cœur, parle, agit contre ses sentiments. »

- **L'action** — L'intérêt s'accroît en cette fin d'acte : on se demande si Arsinoé ne va pas apporter à Alceste la preuve que Célimène le berne. Molière a l'art de renouveler l'intérêt, nous l'avons déjà observé à la fin du deuxième acte : voir *l'Action*, p. 67.

ACTE IV

SCÈNE PREMIÈRE. — ÉLIANTE, PHILINTE.

PHILINTE. — Non, l'on n'a point vu d'âme à manier si dure,
Ni d'accommodement plus pénible à conclure.
En vain de tous côtés on l'a voulu tourner,
Hors de son sentiment on n'a pu l'entraîner;
Et jamais différend si bizarre, je pense,
N'avait de ces Messieurs[1] occupé la prudence.
« Non, Messieurs, disait-il, je ne me dédis point,
Et tomberai d'accord de tout, hors de ce point.
De quoi s'offense-t-il, et que veut-il me dire?
Y va-t-il de sa gloire à ne pas bien écrire?
Que lui fait mon avis, qu'il a pris de travers?
On peut être honnête homme et faire mal des vers;
Ce n'est point à l'honneur que touchent ces matières.
Je le tiens galant homme en[2] toutes les manières,
Homme de qualité, de mérite et de cœur,
Tout ce qu'il vous plaira, mais fort méchant auteur[3].
Je louerai, si l'on veut, son train et sa dépense,
Son adresse à cheval, aux armes, à la danse;
Mais, pour louer ses vers, je suis son serviteur[4];
Et lorsque d'en mieux faire on n'a pas le bonheur,
On ne doit de rimer avoir aucune envie
Qu'on n'y soit condamné sur[5] peine de la vie. »
Enfin toute la grâce et l'accommodement
Où s'est avec effort plié son sentiment,
C'est de dire, croyant adoucir bien son style :
« Monsieur, je suis fâché d'être si difficile;
Et, pour l'amour de vous, je voudrais de bon cœur
Avoir trouvé tantôt votre sonnet meilleur. »
Et dans une embrassade, on leur a, pour conclure,
Fait vite envelopper toute la procédure.

ÉLIANTE. — Dans ses façons d'agir il est fort singulier;
Mais j'en fais, je l'avoue, un cas particulier,

---

1. Messieurs les Maréchaux : voir *Satire des mœurs*, p. 67. — 2. De toutes les manières. — 3. Dans sa *Satire* IX, Boileau écrit, de son côté, que sa muse, quand elle attaque Chapelain, « sait de l'homme d'honneur distinguer le poète ». — 4. Formule polie de refus. — 5. Sous peine de la vie.

Et la sincérité dont son âme se pique[1]
A quelque chose en soi de noble et d'héroïque.
C'est une vertu rare au siècle d'aujourd'hui,
Et je la voudrais voir partout comme chez lui.

1. On sait que l'honnête homme, au sens classique, « ne se pique de rien ».

- **L'art classique** — Les propos de Philinte tiennent ici la place du récit dans la tragédie :

Ce qu'on ne doit point voir, qu'un récit nous l'expose.

Boileau, *L'Art poétique*, III, v. 51.

La comédie du *Misanthrope* répondant à l'unité de lieu, comme une tragédie, on ne pouvait nous présenter Alceste devant le tribunal des Maréchaux.

- **Satire des mœurs** — Molière s'abandonne, une fois de plus, à sa verve contre la littérature mondaine, à laquelle il portera un dernier coup, six ans plus tard, dans *les Femmes savantes*.

On se rappelle (voir la *Satire des mœurs*, p. 67) l'attitude de Boileau à l'égard du poète Chapelain, attitude semblable à celle d'Alceste devant le poète Oronte. Mais on n'oubliera pas que, si Alceste déteste les vers d'Oronte, il a contre ce marquis-poète des griefs plus personnels : la jalousie explique, en grande partie, la dureté du jugement critique.

① Commentez ce jugement de M. André Rousseaux (*le Monde classique*, II, 1946, p. 101) :

« La critique à courte vue s'ébahit que ce sauvage soit aux pieds d'une femme, que cet ennemi du genre humain coure les salons. Elle dit que c'est là son comique, sans voir plus loin. Elle ne voit pas que la contradiction comique d'Alceste recouvre la contradiction tragique de sa vie. Alceste, avec « la violence d'une foi », comme écrit très bien Pierre Brisson[1], voudrait croire en un monde où la société des beaux esprits ne serait pas un rassemblement d'âmes médiocres. Ce n'est pas contre la société qu'il en a, mais contre ses petitesses, qu'il écrase de son inépuisable besoin de grandeur. La nostalgie de l'ordre en appelle ici à l'ordre même de la vie des hommes en société. Elle voudrait l'établir dans la fusion de la vérité et de l'amour, qui est inaccessible ici-bas. On dirait que, dans aucune pièce de Molière, elle n'a élevé plus haut son exigence, s'il n'y avait *Tartuffe.* »

② Comme Philinte, comme Éliante et sans doute aussi comme Molière (homme de Cour, ne l'oublions pas), Célimène a pour idéal l'*honnête homme* et, pour cette raison, elle n'aime pas la *sincérité* dont l'âme d'Alceste *se pique* (v. 1165). Vous direz pourquoi les personnages qu'elle a décrits dans la scène des portraits (p. 57-60) ne sont pas des « honnêtes gens ».

1. *Molière*, 1942.

PHILINTE. — Pour moi, plus je le vois, plus surtout je m'étonne
De cette passion où[1] son cœur s'abandonne:
De l'humeur dont le Ciel a voulu le former,
Je ne sais pas comment il s'avise d'aimer;
Et je sais moins encor comment votre cousine
Peut être la personne où[2] son penchant l'incline.

ÉLIANTE. — Cela fait assez voir que l'amour, dans les cœurs,
N'est pas toujours produit par un rapport d'humeurs;
Et toutes ces raisons de douces sympathies[3]
Dans cet exemple-ci se trouvent démenties.

PHILINTE. — Mais croyez-vous qu'on[4] l'aime, aux[5] choses qu'on peut [voir?

ÉLIANTE. — C'est un point qu'il n'est pas fort aisé de savoir.
Comment pouvoir juger s'il est vrai qu'elle l'aime?
Son cœur de ce qu'il sent n'est pas bien sûr lui-même;
Il aime quelquefois sans qu'il le sache bien,
Et croit aimer aussi parfois qu'il n'en est rien.

PHILINTE. — Je crois que notre ami, près de cette cousine,
Trouvera des chagrins plus qu'il ne s'imagine;
Et s'il avait mon cœur, à dire vérité,
Il tournerait ses vœux tout[6] d'un autre côté,
Et, par un choix plus juste, on le verrait, Madame,
Profiter des bontés que lui montre votre âme.

ÉLIANTE. — Pour moi, je n'en[7] fais point de façons, et je croi[8]
Qu'on doit sur de tels points être de bonne foi :
Je ne m'oppose point à toute sa tendresse[9];
Au contraire, mon cœur pour elle s'intéresse,
Et, si c'était qu'à moi la chose pût tenir[10],
Moi-même à ce qu'il aime on me verrait l'unir.
Mais si dans un tel choix, comme tout se peut faire,
Son amour éprouvait quelque destin contraire,
S'il fallait que d'un autre on[11] couronnât les feux,
Je pourrais me résoudre à recevoir ses vœux;
Et le refus souffert en pareille occurrence
Ne m'y ferait trouver aucune répugnance[12].

PHILINTE. — Et moi, de mon côté, je ne m'oppose pas,
Madame, à ces bontés qu'ont pour lui vos appas;

---

1. Voir p. 47, n. 1. — 2. Vers qui, vers laquelle. — 3. A l'aide desquelles on justifie ordinairement l'amour. — 4. Célimène : tournure impersonnelle, bien classique; voir p. 78, n. 1. — 5. Si l'on s'en rapporte aux choses. — 6. Tout à fait. — 7. Pronom explétif. — 8. Voir p. 40, n. 5. — 9. Litote : l'amour qu'il éprouve pour Célimène. — 10. Si cela dépendait de moi. — 11. Célimène (elle pourrait couronner les feux d'Oronte, par exemple). — 12. Je n'aurais pas de répugnance à épouser un homme rejeté par ma cousine.

Et lui-même, s'il veut, il peut bien vous instruire
De ce que là-dessus, j'ai pris soin de lui dire[1].
Mais si, par un hymen qui les joindrait eux deux,
Vous étiez hors d'état de recevoir ses vœux,
Tous les miens tenteraient la faveur éclatante
Qu'avec tant de bonté votre âme lui présente :
Heureux si, quand son cœur s'y pourra dérober,
Elle pouvait sur moi, Madame, retomber.

ÉLIANTE. — Vous vous divertissez, Philinte.

PHILINTE. — Non, Madame,
Et je vous parle ici du meilleur de mon âme;
J'attends l'occasion de m'offrir hautement[2],
Et de tous mes souhaits j'en presse le moment.

---

1. Aux v. 245-246. — 2. Expressément.

- **Les caractères** — Double éloge d'ALCESTE par les deux honnêtes gens de la pièce : voyez-vous là une intention de Molière? laquelle?

  Éliante souligne :
  — la singularité d'Alceste (v. 1163), singularité voulue, peut-être, et semblable à celle dont Rousseau s'enorgueillira au début de ses *Confessions :* « Je ne suis fait comme aucun de ceux que j'ai vus; j'ose croire n'être fait comme aucun de ceux qui existent »;
  — la sincérité dont il se pare et qui est *noble, héroïque* même (v. 1166), puisqu'elle défie l'attitude des courtisans définie plus haut (v. 1081-1098) par Alceste;
  — le fait qu'Alceste devrait être pris pour modèle (v. 1168), thèse que développera Rousseau dans sa *Lettre à d'Alembert sur les spectacles.*

  Philinte souligne seulement (v. 1169-1174) l'illogisme d'Alceste qui aime, en Célimène, le contraire de l'idéal qu'il professe; aux v. 205-224, il avait déjà relevé cette inconséquence.

- **L'action** — a) Avec finesse, Philinte soulève (v. 1179) un problème auquel nous allons nous intéresser : Célimène aime-t-elle vraiment Alceste? Ainsi se prépare le dénouement tragique.

  b) Éliante et Philinte ont des réactions semblables : ils sont faits pour s'entendre; ainsi se prépare le dénouement heureux.

  Le spectateur en éprouve du soulagement car la comédie était plutôt tendue; mais aussi un peu de chagrin car Alceste n'a plus aucune chance de trouver un bonheur de remplacement si Célimène ne répond pas à ses vœux.

  ① La déclaration d'amour de Philinte à Éliante est joliment conduite : vous le montrerez.

  ② Étudiez l'amour d'Éliante pour Alceste, amour « optatif » semblable à l'amitié du pigeon que le fabuliste fait ainsi parler :

  Faites qu'il ait, ô Père céleste,
  Dans son exil,
  Bon pain, bon gîte et le reste.
  Ainsi soit-il!

SCÈNE II. — ALCESTE, ÉLIANTE, PHILINTE.

ALCESTE, *bas.*
— Ah! faites-moi raison[1], Madame, d'une offense
Qui vient de triompher de toute ma constance.
ÉLIANTE. — Qu'est-ce donc? qu'avez-vous qui vous puisse émou-
[voir[2]?
ALCESTE. J'ai ce que sans mourir je ne puis concevoir;
Et le déchaînement de toute la nature
Ne m'accablerait pas comme cette aventure.
C'en est fait... Mon amour... Je ne saurais parler.
ÉLIANTE. — Que votre esprit un peu tâche à[3] se rappeler.
ALCESTE. — O juste Ciel! faut-il qu'on joigne à tant de grâces
Les vices odieux des âmes les plus basses?
ÉLIANTE. — Mais encor, qui vous peut...?
ALCESTE. — Ah! tout est ruiné;
Je suis, je suis trahi, je suis assassiné[4]!
Célimène... Eût-on pu croire cette nouvelle?
Célimène me trompe et n'est qu'une infidèle.
ÉLIANTE. — Avez-vous, pour le croire, un juste fondement?
PHILINTE. — Peut-être est-ce un soupçon conçu légèrement,
Et votre esprit jaloux prend parfois des chimères...
ALCESTE. — Ah! morbleu! mêlez-vous, Monsieur, de vos affaires.
(A Éliante.)
C'est de sa trahison n'être que trop certain,
Que l'avoir, dans ma poche, écrite de sa main.
Oui, Madame, une lettre écrite pour Oronte
A produit[5] à mes yeux ma disgrâce et sa honte;
Oronte, dont j'ai cru qu'elle fuyait les soins,
Et que de mes rivaux je redoutais le moins.
PHILINTE. — Une lettre peut bien tromper par l'apparence,
Et n'est pas quelquefois si coupable qu'on pense.
ALCESTE. — Monsieur, encor un coup, laissez-moi, s'il vous plaît,
Et ne prenez souci que de votre intérêt.
ÉLIANTE. — Vous devez modérer vos transports, et l'outrage...

1. Vengez-moi. — 2. Les vers 1219-1239 sont empruntés à *Dom Garcie de Navarre ou le Prince jaloux*, comédie héroïque jouée en 1661 mais dont personne n'avait le texte puisqu'elle n'était pas encore imprimée (elle figurera en 1682, dans l'édition posthume). M. Claude Rostand a écrit un ouvrage sur l'*Imitation de soi dans Corneille;* on en pourrait faire un autre sur l'imitation de soi dans Molière : il possédait d'ailleurs un répertoire de scènes passe-partout dans lequel il puisait selon le besoin. — 3. Tâche de; voir, p. 36, n. 8. — 4. Ce sont les termes mêmes de Don Garcie quand il annonce avoir vu « un homme dans les bras de l'infidèle Elvire ». — 5. Sens étymologique : montré.

ALCESTE. — Madame, c'est à vous qu'appartient cet ouvrage;
C'est à vous que mon cœur a recours aujourd'hui
Pour pouvoir s'affranchir de son cuisant ennui[1].
Vengez-moi d'une ingrate et perfide parente,
Qui trahit lâchement une ardeur si constante;
Vengez-moi de ce trait qui doit vous faire horreur.

ÉLIANTE. — Moi, vous venger! Comment?

ALCESTE. — En recevant mon cœur.
Acceptez-le, Madame, au lieu de l'infidèle;
C'est par là que je puis prendre vengeance d'elle,
Et je la veux punir par les sincères vœux,
Par le profond amour, les soins respectueux,
Les devoirs empressés et l'assidu service
Dont ce[2] cœur va vous faire un ardent sacrifice.

---

1. Sens fort : désespoir, voir p. 39, n. 3. — 2. Celui d'Alceste : forme impersonnelle très classique.

- **L'action** — Coup de théâtre : de quoi s'agit-il?
Alceste demande à Éliante de le venger (v. 1217); de quelle offense? C'est par bribes, la colère faisant haleter Alceste (on sait que Molière s'était fait une habitude de ce jeu, comme Jouvet, au xxe siècle, prendra l'habitude d'une déclamation syncopée), que nous en sommes peu à peu informés :
— *on :* v. 1225;
— *trahi* (v. 1228), mais par qui?
— *Célimène :* v. 1229.
— Enfin, le mot de l'énigme (v. 1230) : *Célimène me trompe.*
— Puis vient l'explication (v. 1235-1240) : *une lettre écrite pour Oronte* par Célimène.

- **Les caractères** — La gentillesse de PHILINTE et d'ÉLIANTE ne souffre pas d'accrocs : tous deux (v. 1231-1233, puis 1241-1245) cherchent à disculper Célimène au lieu de saisir l'occasion pour l'accabler.
En face de cette gentillesse, la brutalité d'ALCESTE (v. 1253) paraît odieuse. S'il a mis en valeur précédemment (voir p. 87) la noblesse d'Alceste, Molière marque ici sa volonté de le rendre antipathique. On comprend ainsi que le misanthrope ait ses détracteurs et ses défenseurs passionnés : voir p. 121 et suiv.

① Commentez ce jugement d'Alain (*Neuvième Leçon sur les Beaux-Arts*, 1931, Pléiade, p. 535) : « La grande comédie est presque surhumaine; elle va comme un dieu sur la terre. Mais qui dira la parenté du rire aux larmes? »

② A l'amour désintéressé d'Éliante (voir p. 87), vous opposerez l'égoïsme brutal d'Alceste : *faites-moi raison* (v. 1217), *vengez-moi* [...] *vengez-moi* (v. 1249 et 1251). Vous en tirerez des conclusions sur les intentions de Molière.

ÉLIANTE. — Je compatis, sans doute[1], à ce que vous souffrez,
Et ne méprise point le cœur que vous m'offrez;
Mais peut-être le mal n'est pas si grand qu'on pense,
Et vous pourrez quitter ce désir de vengeance.
Lorsque l'injure part d'un objet[2] plein d'appas,
On fait force desseins qu'on n'exécute pas :
On a beau voir, pour rompre, une raison puissante,
Une coupable aimée est bientôt innocente;
Tout le mal qu'on lui veut se dissipe aisément,
Et l'on sait ce que c'est qu'un courroux d'un amant.

ALCESTE. — Non, non, Madame, non; l'offense est trop mortelle,
Il n'est point de retour, et je romps avec elle.
Rien ne saurait changer le dessein que j'en fais,
Et je me punirais de l'estimer jamais.
La voici. Mon courroux redouble à cette approche;
Je vais de sa noirceur lui faire un vif reproche,
Pleinement la confondre, et vous porter après
Un cœur tout dégagé de ses trompeurs attraits.

SCÈNE III. — CÉLIMÈNE, ALCESTE.

ALCESTE, *à part.*
— O Ciel! de mes transports puis-je être ici le maître?

CÉLIMÈNE, *à part.*
— Ouais[3]! (*A Alceste*) Quel est donc le trouble où je vous [vois paraître?
Et que me veulent dire et ces soupirs poussés,
Et ces sombres regards que sur moi vous lancez?

ALCESTE. — Que toutes les horreurs dont une âme est capable
A vos déloyautés n'ont rien de comparable;
Que le sort, les démons et le Ciel en courroux
N'ont jamais rien produit de si méchant que vous[4].

CÉLIMÈNE. — Voilà certainement des douceurs que j'admire.

ALCESTE. — Ah! ne plaisantez point, il n'est pas temps de rire;
Rougissez bien plutôt, vous en avez raison,
Et j'ai de sûrs témoins[5] de votre trahison.
Voilà ce que marquaient les troubles de mon âme;
Ce n'était pas en vain que s'alarmait ma flamme :

1. Sans aucun doute, voir p. 32, n. 6. — 2. Voir p. 38, n. 3. — 3. Terme vieilli, très répandu dans la comédie du XVIIe s., et qui marque la surprise. — 4. Vers tirés de *Dom Garcie* (v. 1260-1263). — 5. « *Témoin* se dit quelque fois de choses inanimées » (*Dict. de Furetière*, 1690); voir les v. 1326 et 1336.

Par ces fréquents soupçons, qu'on trouvait odieux,
Je cherchais le malheur qu'ont rencontré mes yeux;
Et, malgré tous vos soins et votre adresse à feindre,
Mon astre[1] me disait ce que j'avais à craindre.
Mais ne présumez pas que, sans être vengé,
Je souffre le dépit[2] de me voir outragé.
Je sais que sur les vœux on n'a point de puissance,
Que l'amour veut partout naître sans dépendance,
Que jamais par la force on n'entra dans un cœur,
Et que toute âme est libre à[3] nommer son vainqueur.
Aussi ne trouverais-je aucun sujet de plainte,
Si pour moi votre bouche avait parlé sans feinte;
Et, rejetant[4] mes vœux dès le premier abord,
Mon cœur n'aurait eu droit de s'en prendre qu'au sort.
Mais d'un aveu trompeur voir ma flamme applaudie,
C'est une trahison, c'est une perfidie,
Qui ne saurait trouver de trop grands châtiments,
Et je puis tout permettre à mes ressentiments.
Oui, oui, redoutez tout après un tel outrage;
Je ne suis plus à moi, je suis tout à la rage :
Percé[5] du coup mortel dont vous m'assassinez,
Mes sens par la raison ne sont plus gouvernés,
Je cède aux mouvements d'une juste colère,
Et je ne réponds pas de ce que je puis faire.

---

1. Terme d'astrologie, alors courant. — 2. Sens très fort : « colère qui donne du dégoût » (*Dict. de Furetière*, 1690). — 3. Voir p. 54, n. 9. — 4. Clausule de condition : si vous aviez rejeté. — 5. Étant donné que mon cœur est percé.

● **Les caractères** — ALCESTE. Selon les psychologues, la passion se caractérise par le « monoïdéisme »; le passionné n'a qu'une idée en tête : être aimé. Le monde entier n'existe plus, pour lui; Lamartine l'a écrit en termes inoubliables : « Un seul être vous manque et tout est dépeuplé. »

Si l'on ne connaissait ce trait de caractère, la demande formulée par Alceste aux v. 1252-1253 serait une pure goujaterie. Demandant la main d'Éliante, pas un instant il ne pense à elle, il pense seulement à *l'infidèle* (v. 1253), il veut *prendre vengeance d'elle* (v. 1254), il la veut punir, il rompt avec elle (v. 1270), il veut ne *l'estimer jamais* (v. 1272), *la confondre* (v. 1275). La déclaration finale (v. 1275-1276) est monstrueuse d'inconscience.

ÉLIANTE nous est présentée comme un modèle d'équilibre et d'abnégation (voir p. 87 et 89). Elle ne pense pas à elle : observez les *vous* des v. 1259, 1260, 1262. Elle exprime une philosophie générale sur le comportement des amoureux qui rappelle celle de Térence et d'Ovide.

CÉLIMÈNE. — D'où vient donc, je vous prie, un tel emportement?
Avez-vous, dites-moi, perdu le jugement?
ALCESTE. — Oui, oui, je l'ai perdu lorsque dans votre vue
J'ai pris, pour mon malheur, le poison qui me tue,
Et que j'ai cru trouver quelque sincérité
Dans les traîtres appas dont je fus enchanté[1].
CÉLIMÈNE. — De quelle trahison pouvez-vous donc vous plaindre?
ALCESTE. — Ah! que ce cœur est double et sait bien l'art de feindre!
Mais pour le mettre à bout j'ai des moyens tout[2] prêts :
Jetez ici les yeux, et connaissez vos traits[3].
Ce billet découvert suffit pour vous confondre,
Et contre ce témoin on n'a rien à répondre.
CÉLIMÈNE. — Voilà donc le sujet qui vous trouble l'esprit?
ALCESTE. — Vous ne rougissez pas en voyant cet écrit?
CÉLIMÈNE. — Et par[4] quelle raison faut-il que j'en rougisse?
ALCESTE. — Quoi! vous joignez ici l'audace à l'artifice!
Le désavouerez-vous pour n'avoir point de seing[5]?
CÉLIMÈNE. — Pourquoi désavouer un billet de ma main?
ALCESTE. — Et vous pouvez le voir sans demeurer confuse
Du crime dont vers[6] moi son style[7] vous accuse?
CÉLIMÈNE. — Vous êtes, sans mentir, un grand extravagant[8].
ALCESTE. — Quoi! vous bravez ainsi ce témoin convaincant?
Et ce qu'il m'a fait voir de douceur pour Oronte
N'a donc rien qui m'outrage et qui vous fasse honte?
CÉLIMÈNE. — Oronte! Qui vous dit que la lettre est pour lui?
ALCESTE. — Les gens qui dans mes mains l'ont remise aujourd'hui.
Mais je veux consentir qu'elle soit pour un autre :
Mon cœur en a-t-il moins à se plaindre du vôtre?
En serez-vous vers[9] moi moins coupable en effet?
CÉLIMÈNE. — Mais si c'est une femme à qui va ce billet,
En quoi vous blesse-t-il? et qu'a-t-il de coupable[10]?
ALCESTE. — Ah! le détour est bon, et l'excuse admirable!
Je ne m'attendais pas, je l'avoue, à ce trait,
Et me voilà, par là, convaincu tout à fait.
Osez-vous recourir à ces ruses grossières?
Et croyez-vous les gens si privés de lumières?
Voyons, voyons un peu par quel biais, de quel air[11],
Vous voulez soutenir un mensonge si clair,

1. Sens fort : idée d'une influence magique. On se rappelle le célèbre aveu des v. 247-248 : pour Alceste, l'amour échappe au contrôle de la raison. — 2. Écrit *tous* dans l'éd. originale; voir p. 46, n. 3. — 3. Votre écriture. — 4. Pour. — 5. Signature; cf. donner un *blanc-seing* à quelqu'un. — 6. Envers. — 7. Sens très général : son contenu. — 8. Comme Cléonte : voir *l'Art classique*, p. 59. — 9. Envers. — 10. Ce subterfuge avait déjà été utilisé par Quinault en 1654 dans *la Comédie sans comédie*. — 11. De quelle manière; voir les v. 48 et 900.

Et comment vous pourrez tourner pour une femme
Tous les mots d'un billet qui montre tant de flamme?
Ajustez[1], pour couvrir un manquement de foi,
Ce que je m'en vais lire...

CÉLIMÈNE. — Il ne me plaît pas, moi.
Je vous trouve plaisant d'user d'un tel empire,
Et de me dire au nez ce que vous m'osez dire.

ALCESTE. — Non, non; sans s'[2]emporter, prenez un peu souci
De me justifier les termes que voici.

CÉLIMÈNE. — Non, je n'en veux rien faire, et, dans cette occurrence,
Tout ce que vous croirez m'est de peu d'importance.

ALCESTE. — De grâce, montrez-moi, je serai satisfait[3],
Qu'on peut pour une femme expliquer ce billet.

---

1. Accordez; même sens dans le verbe *justifier*, employé par Alceste au v. 1360. — 2. Sans que nous nous emportions l'un et l'autre; on aimait la formule abstraite, au XVIIe s., voir le v. 1331. — 3. Alceste semblait moins facile à satisfaire au début de la scène.

- **Les caractères** — La colère du jaloux ALCESTE reproduit celle de Don Garcie, on relève même des vers entiers copiés dans la comédie héroïque : Molière ne cherche pas à différencier les individus, il peint un trait de caractère humain.
  On observera la prudence de CÉLIMÈNE. *En voyant cet écrit* (v. 1328), tenu par Alceste, elle devine qu'elle a commis une imprudence; mais laquelle? Elle brille dans l'art épistolaire comme dans la conversation, on le saura bientôt (p. 110). De quelle lettre s'agit-il?
  v. 1329 : elle interroge d'une façon évasive;
  v. 1332 : elle utilise la sincérité (qui peut effacer le souvenir d'un mensonge);
  v. 1335 : elle accuse l'extravagance d'Alceste (il vaut mieux attaquer que se défendre);
  v. 1339 : elle met le doute dans l'esprit d'Alceste (il ne s'était pas encore posé la question);
  v. 1344 : elle insiste, s'apercevant que le doute produit son effet.
  A partir du v. 1356, elle coupe la parole à Alceste. C'est elle l'offensée : un galant homme ne lance pas de tels propos *au nez* (v. 1358) d'une femme. Elle a cause gagnée.
- **Le thème** — Quand Célimène retourne la situation, on pense au mot de Pierre Louÿs dans son roman *la Femme et le Pantin* (1898) : « L'homme n'est qu'un pantin et la femme est son maître ». De *Manon Lescaut* (1731) à la *Carmen* (1845) de Mérimée, à *l'Arlésienne* (1872) d'Alphonse Daudet, puis au *Sexe faible* (1931) d'Édouard Bourdet, notre littérature romanesque ou dramatique a exploité ce thème.
- **L'art classique** — Comme dans la tirade des v. 118-144, la colère d'Alceste s'est exprimée d'abord (v. 1286-1314) avec logique : l'art classique ne copie pas la nature.
  ① Étudiez la construction de cette tirade.

CÉLIMÈNE. — Non, il est pour Oronte, et je veux qu'on le croie[1];
Je reçois tous ses soins avec beaucoup de joie;
J'admire ce qu'il dit, j'estime ce qu'il est,
Et je tombe d'accord de tout ce qu'il vous plaît.
Faites, prenez parti, que rien ne vous arrête,
Et ne me rompez pas davantage la tête.

ALCESTE, *à part*. — Ciel! rien de plus cruel peut-il être inventé?
Et jamais cœur fut-il de la sorte traité?
Quoi! d'un juste courroux je suis ému contre elle,
C'est moi qui me viens plaindre, et c'est moi qu'on [querelle!
On pousse ma douleur et mes soupçons à bout,
On me laisse tout croire, on fait gloire de tout;
Et cependant mon cœur est encore assez lâche
Pour ne pouvoir[2] briser la chaîne qui l'attache,
Et pour ne pas s'armer d'un généreux mépris
Contre l'ingrat objet[3] dont il est trop épris!
(A Célimène.)
Ah! que vous savez bien ici, contre moi-même,
Perfide, vous servir de ma faiblesse extrême,
Et ménager[4] pour vous l'excès prodigieux
De ce fatal amour né de vos traîtres yeux[5]!
Défendez-vous au moins d'un crime qui m'accable[6],
Et cessez d'affecter d'être envers moi coupable;
Rendez-moi, s'il se peut, ce billet innocent :
A vous prêter les mains ma tendresse consent;
Efforcez-vous ici de paraître fidèle,
Et je m'efforcerai, moi, de vous croire telle.

CÉLIMÈNE. — Allez, vous êtes fou, dans vos transports jaloux,
Et ne méritez pas l'amour qu'on[7] a pour vous.
Je voudrais bien savoir qui pourrait me contraindre
A descendre pour vous aux bassesses de feindre,
Et pourquoi, si mon cœur penchait d'autre côté,
Je ne le dirais pas avec sincérité.
Quoi! de mes sentiments l'obligeante assurance
Contre tous vos soupçons ne prend pas ma défense?

---

1. Encore une phrase tirée de *Dom Garcie* (v. 574-575). — 2. La négation simple était utilisée au XVIIe s., même en prose. — 3. Voir p. 38, n. 3. — 4. User habilement, voir p. 78, n. 10. — 5. Nouvelle phrase tirée de *Dom Garcie* (v. 1396-1399). — 6. L'hyperbole demeure la figure favorite (voir p. 31) d'Alceste : *extrême, prodigieux, fatal, traîtres, crime*. — 7. Forme impersonnelle déjà signalée (voir p. 89, n. 2) comme très classique; elle ménage ici la pudeur féminine impudemment (ou naïvement) évoquée par Célimène aux v. 1401-1406.

Auprès d'un tel garant[1] sont-ils de quelque poids?
N'est-ce pas m'outrager que d'écouter leur voix[2]?
Et, puisque notre cœur fait un effort extrême
Lorsqu'il peut se résoudre à confesser qu'il aime,
Puisque l'honneur du sexe, ennemi de nos feux,
S'oppose fortement à de pareils aveux,
L'amant qui voit pour lui franchir un tel obstacle
Doit-il impunément douter de cet oracle?
Et n'est-il pas coupable en ne s'assurant pas[3]
A ce qu'on ne dit point[4] qu'après de grands combats?
Allez, de tels soupçons méritent ma colère,
Et vous ne valez pas que l'on vous considère :
Je suis sotte, et veux mal[5] à ma simplicité
De conserver encor pour vous quelque bonté;
Je devrais autre part attacher mon estime,
Et vous faire[6] un sujet de plainte légitime.

---

1. Une telle garantie; un garant est aujourd'hui une personne. — 2. Phrases tirées de *Dom Garcie* (v. 804-811). — 3. En ne se fiant pas... — 4. *Pas* ou *point* sont aujourd'hui omis dans une telle expression. — 5. Du mal; l'article partitif n'était pas encore courant. — 6. Vous causer.

- **Les caractères** — Alceste fait le tragique et pitoyable — là est la très légère note comique — aveu de sa *faiblesse extrême* (v. 1382) en trois *mea culpa :*
v. 1377 : il s'accuse de lâcheté (l'adjectif *lâche* claque à la rime comme en coup de fouet);
v. 1378 : il s'accuse de servilité en évoquant *la chaîne* de l'esclave;
v. 1380 et 1383-1384 : il s'accuse d'aimer sans mesure (voir p. 39).
Finalement (1389-1390), il supplie Célimène de se disculper; tout en la sachant coupable, il se laissera prendre à ses mensonges. On comprend que les romantiques aient voulu voir, dans Alceste, un héros de leur choix : il annonce le chevalier des Grieux et... Don José.
Célimène est-elle sincère quand elle se prétend (v. 1392) éprise d'Alceste? Pensons aux dires d'Éliante la sage (v. 1180-1184). Célimène est-elle sincère quand elle affirme ne pouvoir *descendre... aux bassesses de feindre?* En nous laissant dans le doute, Molière a prouvé sa maîtrise : Célimène n'a pas la simplicité schématique d'un personnage de comédie, elle est aussi complexe, aussi secrète, aussi nuancée, aussi énigmatique qu'une femme vivante : elle n'apparaît jamais « ni tout à fait la même ni tout à fait une autre » et aurait plu à Verlaine.
- **Le comique** — Le comique de caractère se trouve signalé par Alceste lui-même (v. 1373-1374) : il n'a rien pu contre la coupable; le vice triomphe de la vertu, la faiblesse apparente de la force tapageuse.

ALCESTE. — Ah! traîtresse, mon faible est étrange pour vous!
Vous me trompez sans doute avec des mots si doux;
Mais il n'importe, il faut suivre ma destinée;
A votre foi[1] mon âme est toute abandonnée,
Je veux voir jusqu'au bout quel sera votre cœur,
Et si de me trahir il aura la noirceur.

CÉLIMÈNE. — Non, vous ne m'aimez point comme il faut que l'on aime.

ALCESTE. — Ah! rien n'est comparable à mon amour extrême,
Et, dans l'ardeur qu'il a de se montrer à tous,
Il va jusqu'à former des souhaits contre vous[2].
Oui, je voudrais qu'aucun ne vous trouvât aimable,
Que vous fussiez réduite en[3] un sort misérable,
Que le Ciel, en naissant[4], ne vous eût donné rien,
Que vous n'eussiez ni rang, ni naissance, ni bien,
Afin que de mon cœur l'éclatant sacrifice
Vous pût d'un pareil sort réparer l'injustice,
Et que j'eusse la joie et la gloire, en ce jour,
De vous voir tenir tout des mains de mon amour.

CÉLIMÈNE. — C'est me vouloir du bien d'une étrange manière!
Me préserve le Ciel que vous ayez matière!...
Voici Monsieur Du Bois[5], plaisamment figuré[6].

SCÈNE IV. — DU BOIS, CÉLIMÈNE, ALCESTE.

ALCESTE. — Que veut cet équipage et cet air effaré?
Qu'as-tu?

DU BOIS. — Monsieur...

ALCESTE. — Hé bien?

DU BOIS. — Voici bien des mystères.

ALCESTE. — Qu'est-ce?

DU BOIS. — Nous sommes mal, Monsieur, dans nos affaires[7].

ALCESTE. — Quoi!

DU BOIS. — Parlerai-je haut?

ALCESTE. — Oui, parle, et promptement.

DU BOIS. — N'est-il point là quelqu'un?...

ALCESTE. — Ah! que d'amusement[8]!
Veux-tu parler?

---

1. Fidélité, amour. — 2. Sur la rime d'une longue avec une brève, voir p. 32, n. 7. — 3. A un sort. — 4. Voir p. 54, n. 4. — 5. *Monsieur* est ironique à propos d'un valet. — 6. Ayant une figure (un aspect) comique : il s'agit de son *équipage* (mot utilisé au v. 1436) : grandes bottes, costume de courrier. Cette livrée de voyage surprend. — 7. Pluriel plaisant : Du Bois prend à son compte les intérêts de son maître. — 8. Tout ce qui fait perdre le temps.

DU BOIS. — Monsieur, il faut faire retraite.
ALCESTE. — Comment?
DU BOIS. — Il faut d'ici déloger sans trompette[1].
ALCESTE. — Et pourquoi?
DU BOIS. — Je vous dis qu'il faut quitter ce lieu.
ALCESTE. — La cause?
DU BOIS. — Il faut partir, Monsieur, sans dire adieu.

1. La Fontaine prêtera cette expression à son Jeannot Lapin, c'est donc une expression populaire.

- **Les caractères** — ALCESTE s'abandonne à sa destinée (v. 1417) et ainsi ressemble à Hernani (« Je suis une force qui va! — Agent aveugle et sourd de mystères funèbres! » *Hernani*, III, v. 992-993).
  Mais il redevient l'irascible misanthrope quand, aux v. 1419-1420 comme lorsqu'il parlait à Philinte durant la scène initiale du premier acte, il souhaite voir le pire. On dirait que, dans son pessimisme, il éprouve du plaisir à constater la méchanceté des hommes : elle justifie son attitude.
  L'orgueil d'Alceste atteint au délire quand, du v. 1422 au v. 1432, il souhaite voir Célimène *réduite en un sort misérable* afin de pouvoir lui donner tout, de la « créer », en somme, au point de vue mondain, et d'en avoir la gloire, — d'être un Dieu pour elle.
- **L'action** — Comme à la fin des actes II (p. 67) et III (p. 83), Molière réveille l'intérêt d'intrigue :
  L'arrivée de Du Bois *plaisamment figuré* (v. 1435) a détendu les spectateurs, que Molière avait conduits jusqu'à l'angoisse dramatique. L'*amusement*, relevé avec colère par Alceste au v. 1440, est un procédé comique traditionnel qui se justifie doublement : il fouette la curiosité; il fait rire car il vient souvent (comme ici) de la difficulté d'expression d'un messager, due elle-même soit à sa sottise, soit à son émotion.
  L'amusement se poursuivra jusqu'à la fin de l'acte :
  v. 1455-1456 : on se demande pourquoi un papier doit entraîner la fuite d'Alceste;
  v. 1457-1462 : suspension de l'explication demandée par Alceste; Du Bois cherche en vain le nom du visiteur;
  v. 1466 : on apprend qu'Alceste risque d'être arrêté; mais pour quel motif?
  v. 1469 : on attend la lecture du *mot* laissé par le visiteur; mais Du Bois l'a laissé au logis.
- **L'unité de temps** — Elle sera soulignée au v. 1480, selon un procédé souvent utilisé par Corneille dans ses tragédies. Voir p. 118 comment l'action se déroule dans le temps.
  ① Relevez, chez Corneille, des exemples de la manière dont il rappelle au public que ses tragédies répondent à l'unité de temps.

ALCESTE. — Mais par[1] quelle raison me tiens-tu ce langage?
DU BOIS. — Par la raison, Monsieur, qu'il faut plier bagage.
ALCESTE. — Ah! je te casserai la tête assurément,
Si tu ne veux[2], maraud, t'expliquer autrement.
DU BOIS. — Monsieur, un homme noir et d'habit et de mine
Est venu nous laisser, jusque dans la cuisine,
Un papier griffonné d'une telle façon
Qu'il faudrait, pour le lire, être pis que démon.
C'est de[3] votre procès, je n'en fais aucun doute;
Mais le diable d'enfer, je crois, n'y verrait goutte.
ALCESTE. — Eh bien! quoi? ce papier, qu'a-t-il à démêler,
Traître[4], avec le départ dont tu viens me parler?
DU BOIS. — C'est pour vous dire ici, Monsieur, qu'une heure ensuite[5],
Un homme qui souvent vous vient rendre visite
Est venu vous chercher avec empressement,
Et, ne vous trouvant pas, m'a chargé doucement,
Sachant que je vous sers avec beaucoup de zèle,
De vous dire... Attendez, comme[6] est-ce qu'il s'appelle?
ALCESTE. — Laisse là son nom, traître, et dis ce qu'il t'a dit.
DU BOIS. — C'est un de vos amis, enfin, cela suffit.
Il m'a dit que d'ici votre péril vous chasse,
Et que d'être arrêté le sort vous y menace.
ALCESTE. — Mais quoi! n'a-t-il voulu te rien spécifier?
DU BOIS. — Non; il m'a demandé de l'encre et du papier,
Et vous a fait un mot, où vous pourrez, je pense,
Du fond de ce mystère avoir la connaissance.
ALCESTE. — Donne-le donc.
CÉLIMÈNE. — Que peut envelopper ceci?
ALCESTE. — Je ne sais; mais j'aspire à m'en voir éclairci.
Auras-tu bientôt fait, impertinent au diable[7]?
DU BOIS, *après avoir longtemps cherché le billet.*
— Ma foi, je l'ai, Monsieur, laissé sur votre table.
ALCESTE. — Je ne sais qui[8] me tient...
CÉLIMÈNE. — Ne vous emportez pas,
Et courez démêler un pareil embarras.
ALCESTE. — Il semble que le sort, quelque soin que je prenne,
Ait juré d'empêcher que je vous entretienne[9];
Mais, pour en triompher, souffrez à[10] mon amour
De vous revoir, Madame, avant la fin du jour.

1. Pour. — 2. Voir p. 94, n. 2. — 3. Au sujet de. — 4. Alceste a souvent l'injure à la bouche : le valet reçoit le même titre que le scélérat évoqué au v. 125. — 5. Après. — 6. Voir p. 30, n. 4. — 7. Voir p. 43, n. 3. — 8. Ce qui. — 9. Seul plaisir d'Alceste, même quand il gronde : voir ce qui concerne le « monoïdéisme » du passionné p. 91. — 10. Permettez à.

Ph. © Bernand - Photeb/T

◄ Catherine Salviat (CÉLIMÈNE)

Chapiteau des Tréteaux de France.
Esplanade du château de Saint-Germain-en-Laye.

Comédie Française, 1975.

Marcel Delsaert (ALCESTE) et Nada Strancar (ARSINOE) dans la mise en scène d'Antoine Vitez. Festival d'Avignon, 1978.

Ph. © Bernand - Photeb.

◀ Danièle Lebrun (CÉLIMÈNE) et Michel Piccoli (ALCESTE) dans la mise en scène de Marcel Bluwal. Théâtre de la Ville, 1969.

2 ph. © Bernand - Photeb.

Marcel Delsaert (ALCESTE) et Jany Gastaldi ▼ (CÉLIMÈNE), dans la mise en scène d'Antoine Vitez. Festival d'Avignon, 1978.

ACTE V

SCÈNE PREMIÈRE. — ALCESTE, PHILINTE.

ALCESTE. — La résolution en est prise, vous dis-je.

PHILINTE. — Mais, quel que soit ce coup, faut-il qu'il vous oblige?...

ALCESTE. — Non, vous avez beau faire et beau me raisonner,
Rien[1] de ce que je dis ne me peut détourner :
Trop de perversité règne au siècle où nous sommes,
Et je veux me tirer du commerce[2] des hommes.
Quoi ! contre ma partie[3] on voit tout à la fois
L'honneur, la probité, la pudeur et les lois;
On publie en tous lieux l'équité de ma cause,
Sur la foi de mon droit mon âme se repose;
Cependant je me vois trompé par le succès[4] :
J'ai pour moi la justice, et je perds mon procès !
Un traître, dont on sait la scandaleuse histoire,
Est sorti triomphant d'une fausseté noire !
Toute la bonne foi cède à sa trahison !
Il trouve, en m'égorgeant[5], moyen d'avoir raison :
Le poids de sa grimace[6], où brille l'artifice,
Renverse le bon droit et tourne[7] la justice !
Il fait par un arrêt couronner son forfait !
Et, non content encor du tort que l'on me fait,
Il[8] court parmi le monde un livre abominable[9],
Et de qui la lecture est même condamnable,
Un livre à mériter la dernière rigueur,
Dont le fourbe a le front de me faire l'auteur !
Et, là-dessus, on voit Oronte qui murmure
Et tâche méchamment d'appuyer l'imposture !

---

1. Le pronom sert de sujet à *ne me peut*. — 2. Sens mondain : la fréquentation. — 3. Terme juridique désignant l'adversaire d'Alceste dans le procès. — 4. Sens étymologique : le résultat, bon ou mauvais. — 5. Encore une hyperbole suscitée par la colère. — 6. Terme déjà employé à propos du *scélérat* au v. 137. — 7. « *Tourner* signifie [...] corrompre la forme et la bonté ordinaire de quelque chose » (*Dict. de Furetière*, 1690). — 8. Pronom impersonnel : la phrase prend soudain une autre direction, il y a une anacoluthe. — 9. « Les hypocrites avaient été tellement irrités par *le Tartuffe* que l'on fit courir dans Paris un livre terrible que l'on mettait sur le compte de Molière pour le perdre » : ainsi s'exprime Grimarest, en 1705. Sur ce livre, voir *les Mœurs*, p. 103.

Lui qui d'un honnête homme à la cour tient le rang,
A qui je n'ai rien fait qu'être sincère et franc[1],
Qui me vient, malgré moi, d'une ardeur empressée,
Sur des vers qu'il a faits demander ma pensée;
Et, parce que j'en use avec honnêteté,
Et ne le veux trahir, lui ni la vérité,
Il aide à m'accabler d'un crime imaginaire!
Le voilà devenu mon plus grand adversaire!
Et jamais de son cœur je n'aurai de pardon,
Pour n'avoir pas trouvé que son sonnet fût bon!
Et les hommes, morbleu! sont faits de cette sorte!
C'est à ces actions que la gloire[2] les porte!
Voilà la bonne foi, le zèle vertueux,
La justice et l'honneur que l'on trouve chez eux!
Allons, c'est trop souffrir les chagrins qu'on nous forge;
Tirons-nous de ce bois et de ce coupe-gorge.
Puisque entre humains ainsi vous vivez en vrais loups,
Traîtres, vous ne m'aurez de ma vie avec vous.

PHILINTE. — Je trouve un peu bien prompt le dessein où vous êtes,
Et tout le mal n'est pas si grand que vous le faites :
Ce que votre partie[3] ose vous imputer
N'a point eu le crédit de vous faire arrêter;
On voit son faux rapport lui-même se détruire,
Et c'est une action qui pourrait bien lui nuire.

ALCESTE. — Lui? De semblables tours il ne craint point l'éclat[4]:
Il a permission d'être franc scélérat[5];
Et, loin qu'à son crédit nuise cette aventure,
On l'en verra demain en meilleure posture.

PHILINTE. — Enfin, il est constant qu'on n'a point trop donné
Au[6] bruit que contre vous sa malice a tourné :
De ce côté déjà vous n'avez rien à craindre;
Et pour votre procès, dont vous pouvez vous plaindre,
Il vous est en justice aisé d'y revenir,
Et contre cet arrêt...

ALCESTE. — Non, je veux m'y tenir.
Quelque sensible tort qu'un tel arrêt me fasse,
Je me garderai bien de vouloir qu'on le casse :
On y voit trop à plein[7] le bon droit maltraité,
Et je veux qu'il demeure à la postérité

1. Y a-t-il redondance ou différence de sens entre les deux mots? — 2. Voir p. 78, n. 7. — 3. Voir p. 101, n. 3. — 4. Le scandale. — 5. Reprise de l'expression utilisée au v. 124. — 6. Dans le bruit : on n'a pas fait trop attention à la médisance du scélérat. — 7. Alceste use du vocabulaire utilisé au v. 125.

Comme une marque insigne, un fameux témoignage
De la méchanceté des hommes de notre âge.
Ce sont vingt mille francs qu'il m'en pourra coûter;
Mais pour vingt mille francs j'aurai droit de pester[1]
Contre l'iniquité de la nature humaine,
Et de nourrir pour elle une immortelle haine[2].

PHILINTE. — Mais enfin...

ALCESTE. — Mais enfin, vos soins[3] sont superflus :
Que pouvez-vous, Monsieur, me dire là-dessus?
Aurez-vous bien le front de me vouloir en face
Excuser les horreurs de tout ce qui se passe?

---

1. On revendique toujours le droit de faire ce qui plaît; pester répond donc au goût profond du misanthrope, de l'atrabilaire. — 2. *Une effroyable haine,* avait-il dit au v. 114. — 3. Efforts.

- **Les caractères et les mœurs** — M. Antoine Adam a mis en lumière la pensée de Claude Fleury, l'un des inspirateurs — avec Pellisson et le P. Rapin — du cercle de Lamoignon, véritable académie de philosophie. Dans sa *Lettre sur Homère*, publiée en 1665, donc un an avant *le Misanthrope*, Claude Fleury oppose les Modernes et les Anciens, et cette opposition éclaire singulièrement la pièce de Molière.

— « D'un côté, ceux qui adhèrent sans réserve à l'ordre moderne, à ses formes sociales, à son esprit, ceux qui aiment ses raffinements et ses élégances, qui goûtent le charme de la vie mondaine et pensent que l'esprit s'y peut développer de façon harmonieuse » (*Hist. de la littérature...*, III, p. 195). Pensons à Philinte, Éliante et Célimène : les deux premiers personnages nous inclinant à approuver ce type d'humanité, le troisième nous incitant à nous en méfier.

— « De l'autre côté, ceux qui préfèrent un style de vie plus simple, plus pur, plus austère, ceux qui s'inquiètent de voir l'homme s'éloigner de la nature et se complaire dans l'artifice. » On les nomme parfois de « vieux Gaulois » : pensons à Alceste.

Ce reflet de la pensée d'un cercle s'accompagne d'un autre reflet. Le « livre abominable » dont il est question au v. 1501 est certainement la violente satire composée en 1663 par les débauchés de la Croix-Blanche et présentée ainsi par M. Adam : « Étonnant et formidable pamphlet qui déchire Anne d'Autriche, Colbert, les Jésuites, et dans lequel il est difficile de ne pas soupçonner la main de Chapelle[1] et celle de Molière ». Tous les gens bien informés connaissaient le pamphlet, et Molière se défend ici contre ses accusateurs, si puissants alors puisque la représentation du *Tartuffe* est toujours interdite.

① Établissez une liste des mots typiques employés par Alceste, classez-les de manière à pouvoir tirer des conclusions.

---

1. Chenapan en sa jeunesse (son père l'appelait *le mauvais garnement du faubourg*), Claude Luillier, dit Chapelle (1626-1686), fut l'ami de Christian, de Cyrano, de d'Assoucy, de Molière; il appartenait au cercle des libertins protégés par Condé.

PHILINTE. — Non, je tombe d'accord de tout ce qu'il vous plaît :
Tout marche par cabale[1] et par pur intérêt;
Ce n'est plus que la ruse aujourd'hui qui l'emporte,
Et les hommes devraient être faits d'autre sorte.
Mais est-ce une raison que leur peu d'équité
Pour vouloir se tirer de leur société?
Tous ces défauts humains nous donnent, dans la vie,
Des moyens d'exercer notre philosophie;
C'est le plus bel emploi que trouve la vertu;
Et, si de probité tout était revêtu,
Si tous les cœurs étaient francs, justes et dociles,
La plupart des vertus nous seraient inutiles,
Puisqu'on en met l'usage à pouvoir sans ennui
Supporter dans nos droits[2] l'injustice d'autrui;
Et, de même qu'un cœur d'une vertu profonde...

ALCESTE. — Je sais que vous parlez, Monsieur, le mieux du monde;
En beaux raisonnements vous abondez toujours;
Mais vous perdez le temps et tous vos beaux discours[3].
La raison, pour mon bien, veut que je me retire :
Je n'ai point sur ma langue un assez grand empire;
De ce que je dirais je ne répondrais pas,
Et je me jetterais cent choses sur les bras.
Laissez-moi, sans dispute[4], attendre Célimène :
Il faut qu'elle consente au dessein qui m'amène;
Je vais voir si son cœur a de l'amour pour moi,
Et c'est ce moment-ci qui doit m'en faire foi.

PHILINTE. — Montons chez Éliante, attendant[5] sa venue.

ALCESTE. — Non, de trop de souci je me sens l'âme émue[6].
Allez-vous-en la voir, et me laissez enfin
Dans ce petit coin sombre, avec mon noir chagrin.

PHILINTE. — C'est une compagnie étrange pour attendre,
Et je vais obliger[7] Éliante à descendre.

---

1. Les cabales étaient nombreuses, parmi les gens de lettres comme dans la société mondaine où existaient de nombreux clans : Boileau appartenait à un clan qui fut longtemps l'ennemi de Chapelain, puissant dispensateur des pensions; c'est une cabale qui empêchait Molière de jouer publiquement *Tartuffe ;* la cabale des petits marquis s'était dressée contre lui après la représentation de *l'École des femmes*... — 2. Lorsque nous sommes dans nos droits. — 3. Ironie : Alceste ne se montre jamais amical avec Philinte; le soupçonne-t-il d'avoir raison? On admet difficilement que celui qui vous blâme ait raison. — 4. Sans plus discuter. — 5. En attendant : voir les v. 302, 505, 1303, 1427. — 6. Sens fort : bouleversée. — 7. Inviter : « *Obliger* signifie aussi *exciter, porter quelqu'un à faire quelque chose* » (*Dict. de Furetière*, 1690).

SCÈNE II. — ORONTE, CÉLIMÈNE, ALCESTE.

ORONTE. — Oui, c'est à vous de voir si par des nœuds si doux,
Madame, vous voulez m'attacher tout à vous.
Il me faut de votre âme une pleine assurance:
Un amant là-dessus[1] n'aime point qu'on balance.
Si l'ardeur de mes feux a pu vous émouvoir,
Vous ne devez point feindre à[2] me le faire voir;
Et la preuve, après tout, que je vous en demande,
C'est de ne plus souffrir qu'Alceste vous prétende[3],
De le sacrifier, Madame, à mon amour,
Et de chez vous enfin le bannir dès ce jour.

---

1. Sur ce sujet; l'expression a déjà été employée au v. 1552. — 2. Craindre de. — 3. Voir p. 40, n. 6.

- **Les thèses** — Philinte et Alceste sont d'accord sur une constatation : *Les hommes devraient être faits d'autre sorte* (v. 1558). Mais les deux amis s'opposent sur les conséquences à en tirer :
  — Alceste se complaît dans la dénonciation du mal, auquel il voudrait élever un monument : v. 1544-1546;
  — Philinte accepte les hommes comme ils sont : v. 1561-1568.
- **Satire des mœurs** — Au v. 1573, Alceste lâche le maître mot des cartésiens : *la raison veut* qu'il se retire de la société et abandonne les hommes à leur méchanceté. Depuis 1660, les cartésiens forment un véritable parti; il existe des salons cartésiens (Molière les satirisera dans *les Femmes savantes*), et Mme de Grignan n'est pas la seule marquise à professer le cartésianisme. Mais cette doctrine n'a pas effacé le gassendisme (abandon aux lois de la bonne nature), auquel Molière demeure fidèle.
- **Les caractères** — Le pessimisme d'Alceste apparaît au v. 1584. Il se complaît dans son *noir chagrin*. Ce trait de caractère plaira aux romantiques.
- **L'action** — Oronte attaque. Fort de la lettre qu'il a reçue d'elle (voir les v. 1237-1240, 1288, 1325 et suiv.; c'est probablement Arsinoé qui a communiqué cette lettre à Alceste, les v. 1128-1130 le laissent à penser, — mais comment était-elle parvenue en la possession d'Arsinoé?), Oronte demande à Célimène de *bannir* (v. 1596) Alceste *dès ce jour*. Oronte s'est aperçu qu'elle *balance* (v. 1590); il la somme de choisir : v. 1601-1602.
  Alceste appuiera cette sommation de la sienne (v. 1603). Pour une fois, les deux rivaux sont d'accord.
- **La mise en scène** — Au v. 1584, les metteurs en scène diminuent l'éclairage pour marquer la venue de la nuit et rendre l'atmosphère favorable au chagrin d'Alceste.
  ① Au v. 1579, Alceste pose la question capitale de la pièce. S'il ne l'a pas posée plus tôt, est-ce parce qu'il avait peur de connaître la réponse ?

CÉLIMÈNE. — Mais quel sujet si grand contre lui vous irrite,
Vous à qui j'ai tant vu parler de son mérite[1]?
ORONTE. — Madame, il ne faut point ces éclaircissements;
Il s'agit de savoir quels sont vos sentiments.
Choisissez, s'il vous plaît, de garder l'un ou l'autre :
Ma résolution n'attend rien que la vôtre.
ALCESTE, *sortant du coin où il s'était retiré.*
— Oui, Monsieur a raison : Madame, il faut choisir,
Et sa demande ici s'accorde à[2] mon désir.
Pareille ardeur me presse, et même soin[3] m'amène :
Mon amour veut du vôtre une marque certaine;
Les choses ne sont plus pour traîner en longueur,
Et voici le moment d'expliquer[4] votre cœur.
ORONTE. — Je ne veux point, Monsieur, d'une flamme importune
Troubler aucunement votre bonne fortune.
ALCESTE. — Je ne veux point, Monsieur, jaloux ou non jaloux,
Partager de son cœur rien[5] du tout avec vous.
ORONTE. — Si votre amour au mien lui semble préférable...
ALCESTE. — Si du moindre penchant elle est pour vous capable...
ORONTE. — Je jure de n'y rien prétendre[6] désormais.
ALCESTE. — Je jure hautement de ne la voir jamais.
ORONTE. — Madame, c'est à vous de parler sans contrainte.
ALCESTE. — Madame, vous pouvez vous expliquer sans crainte.
ORONTE. — Vous n'avez qu'à nous dire où s'attachent vos vœux[7].
ALCESTE. — Vous n'avez qu'à trancher, et choisir de nous deux.
ORONTE. — Quoi! sur un pareil choix vous semblez être en peine!
ALCESTE. — Quoi! votre âme balance et paraît incertaine!
CÉLIMÈNE. — Mon Dieu! que cette instance[8] est là hors de saison,
Et que vous témoignez, tous deux, peu de raison!
Je sais prendre parti sur cette préférence,
Et ce n'est pas mon cœur maintenant qui balance :
Il n'est point suspendu, sans doute[9], entre vous deux,
Et rien n'est si tôt fait que le choix de nos vœux.
Mais je souffre, à vrai dire, une gêne[10] trop forte
A prononcer en face un aveu de la sorte :
Je trouve que ces mots, qui sont désobligeants,
Ne se doivent point dire en présence des gens;

1. Elle n'était pourtant pas présente à la sc. 2 de l'acte I. — 2. Avec. — 3. Souci, désir. — 4. La même formule se trouve dans la bouche d'Henriette (*les Femmes savantes*, v. 122). — 5. Voir p. 42, n. 2. — 6. Voir p. 40, n. 6. — 7. Voir p. 70, n. 1. — 8. « Prière, sollicitation » (*Dict. de Furetière* ,1690). — 9. Voir p. 32, n. 6. — 10. Sens très fort : géhenne, torture.

Qu'un cœur de son penchant donne assez de lumière,
Sans qu'on nous fasse aller jusqu'à rompre en visière[1];
Et qu'il suffit enfin que de plus doux témoins[2]
Instruisent un amant du malheur de ses soins[3].

ORONTE. — Non, non, un franc aveu n'a rien que j'appréhende;
J'y consens pour ma part.

ALCESTE. — Et moi, je le demande;
C'est son éclat surtout qu'ici j'ose exiger,
Et je ne prétends point vous voir rien ménager.
Conserver tout le monde est votre grande étude;
Mais plus d'amusement[4] et plus d'incertitude :
Il faut vous expliquer nettement là-dessus,
Ou bien pour un arrêt je prends votre refus.
Je saurai, de ma part[5], expliquer ce silence,
Et me tiendrai pour dit tout le mal que j'en pense.

1. Alceste avait employé la même expression au v. 96. — 2. Voir p. 90, n. 5. — 3. Assiduités. — 4. Voir p. 96, n. 8. — 5. De mon côté.

- **L'art classique** — La stichomythie est utilisée ici non pour souligner une altercation comme aux v. 421-426, mais pour montrer la similitude des désirs d'Oronte et d'Alceste; et sans doute aussi pour détendre, par le comique (se rappeler le mot de Bergson : « du mécanique plaqué sur du vivant »), une situation pénible : celle d'une femme aux abois devant deux hommes qui la traquent.
  Chaque fois, Oronte prend l'initiative; Alceste lui fait assez lamentablement écho :
  Observez les deux *si :* v. 1613-1614;
  les deux *je jure :* v. 1615-1616;
  les deux *Madame* : v. 1617-1618;
  les deux *vous n'avez :* v. 1619-1620;
  les deux *Quoi!* : v. 1621-1622.

- **L'action** — Célimène est aux prises avec ses amants comme Don Juan l'était (*Dom Juan*, II, 4) entre Charlotte et Mathurine. Le gentilhomme libertin s'était tiré d'affaire par des paroles énigmatiques signifiant à peu près : Est-ce que chacune de vous ne sait pas ce qui en est, sans qu'il soit nécessaire que je m'explique?
  Célimène utilise un procédé semblable (v. 1627-1628), puis elle se réfugie dans une échappatoire : les exigences de la pudeur féminine (v. 1629-1636).
  Mais elle n'est pas sauvée pour autant, et Alceste la juge avec une dureté imprévue (v. 1641), définissant clairement le caractère d'une coquette (voir *les Mœurs*, p. 115). Il voyait clair, il était bien (comme il le disait à Philinte aux v. 226-228) *le premier* à *voir* les défauts de Célimène *comme à les condamner.*
  Célimène cherche alors une seconde échappatoire dans la fatigue (v. 1649). Les deux hommes auront-ils pitié d'elle?

ORONTE. — Je vous sais fort bon gré, Monsieur, de ce courroux,
Et je lui dis ici même chose que vous.

CÉLIMÈNE. — Que vous me fatiguez avec un tel caprice!
Ce que vous demandez a-t-il de la justice?
Et ne vous dis-je pas quel motif me retient?
J'en vais prendre pour juge Éliante qui vient.

SCÈNE III. — ÉLIANTE, PHILINTE, CÉLIMÈNE, ORONTE, ALCESTE.

CÉLIMÈNE. — Je me vois, ma cousine, ici persécutée
Par des gens dont l'humeur y[1] paraît concertée.
Ils veulent l'un et l'autre, avec même chaleur,
Que je prononce entre eux le choix que fait mon cœur
Et que, par un arrêt qu'en face il me faut rendre,
Je défende à l'un deux tous les soins qu'il peut prendre.
Dites-moi si jamais cela se fait ainsi[2].

ÉLIANTE. — N'allez point là-dessus me consulter ici;
Peut-être y[3] pourriez-vous être mal adressée,
Et je suis pour les gens qui disent leur pensée.

ORONTE. — Madame, c'est en vain que vous vous défendez.

ALCESTE. — Tous vos détours ici seront mal secondés.

ORONTE. — Il faut, il faut parler, et lâcher la balance[4].

ALCESTE. — Il ne faut que poursuivre à garder le silence[5].

ORONTE. — Je ne veux qu'un seul mot pour finir nos débats.

ALCESTE. — Et moi, je vous entends si vous ne parlez pas.

SCÈNE IV. — ACASTE, CLITANDRE, ARSINOÉ, PHILINTE, ÉLIANTE, ORONTE, CÉLIMÈNE, ALCESTE.

ACASTE, *à Célimène.*
— Madame, nous venons tous deux, sans vous déplaire,
Éclaircir avec vous une petite affaire.

CLITANDRE, *à Oronte et à Alceste.*
— Fort à propos, Messieurs, vous vous trouvez ici,
Et vous êtes mêlés dans[6] cette affaire aussi.

---

1. Par des gens qui s'entendent pour me persécuter; le pronom *y* rappelle l'idée exprimée par le verbe au v. précédent. — 2. Mondaine accomplie, Célimène se réfère aux usages, comme faisait Magdelon dans *les Précieuses ridicules*, comme fera Armande dans *les Femmes savantes :* une personne à la mode sait « ce qui se fait » et ce qui ne se fait pas. — 3. En cela. — 4. Afin que la pesée (le choix) se fasse bien. — 5. On saura, en effet, *expliquer ce silence* (expression utilisée par Alceste au v. 1645), l'entendre (*id.*, v. 1668), c'est-à-dire le comprendre. — 6. Mêlés à : voir p. 54, n. 9.

ARSINOÉ, *à Célimène.*

— Madame, vous serez surprise de ma vue;
Mais ce sont ces Messieurs qui causent ma venue :
Tous deux ils m'ont trouvée et se sont plaints à moi
D'un trait à qui[1] mon cœur ne saurait prêter foi.
J'ai du fond de votre âme une trop haute estime
Pour vous croire jamais coupable d'un tel crime;
Mes yeux ont démenti leurs témoins[2] les plus forts,
Et, l'amitié passant sur de petits discords[3],
J'ai bien voulu chez vous leur faire compagnie
Pour vous voir vous laver de cette calomnie.

ACASTE. — Oui, Madame, voyons, d'un esprit adouci,
Comment vous vous prendrez à[4] soutenir ceci.
Cette lettre par vous est écrite à Clitandre?

CLITANDRE. — Vous avez pour Acaste écrit ce billet tendre?

---

1. Ce pronom remplace aujourd'hui les noms de personnes et non (voyez aussi le v. 626) les noms de choses. — 2. Mes yeux n'ont pas cru ce qu'ils voyaient : voir p. 90, n. 5. — 3. « Désunion, dispute, querelle »; le mot « est vieux et hors d'usage » (*Dict. de Furetière*, 1690). — 4. Pour.

• **L'action** — Pas d'échappatoire possible pour Célimène, maintenant. Une troisième personne parle sans ambages, sa cousine Éliante : *Je suis pour les gens qui disent leur pensée* (v. 1662). Sévère expression qui porte en elle une accusation de mensonge. Éliante eût pu refuser le rôle d'arbitre ou s'en désintéresser, comme Ponce Pilate; elle dit ce qu'elle a sur le cœur.
La sc. 4 accroît l'intensité dramatique. Arrivent, en effet, deux témoins à charge : Acaste et Clitandre dont on sait qu'ils montrent peu de galanterie envers les femmes; relisez la réplique de Clitandre à Alceste aux v. 657-658.

① Pourquoi Éliante a-t-elle parlé net? Revoyez la première scène du quatrième acte; et non seulement le v. 1192 qui prélude au v. 1662, mais toute la tirade (v. 1191-1202) où Éliante expose ses souhaits et ses intentions; relisez aussi la déclaration d'Alceste à Éliante : v. 1252-1253.

② L'hypocrisie d'Arsinoé ne s'est pas dissipée à « l'heure de la vérité ». Comparez, en effet, les v. 1677-1682 aux v. 1125-1132.

③ Que signifie la stichomythie des v. 1663-1668? Molière a-t-il recherché l'effet comique ou souligné la cruauté des deux jeunes hommes?

④ Quelles conclusions tirez-vous, au sujet de l'art classique, après avoir observé le chiasme des v. 1685-1686 (le mot *lettre* est d'abord utilisé comme sujet puis — remplacé par le mot *billet* — comme objet; il y a croisement d'hémistiches)?

ACASTE, *à Oronte et à Alceste.*

— Messieurs, ces traits[1] pour vous n'ont point d'obscurité,
Et je ne doute pas que sa civilité[2]
A connaître sa main[3] n'ait trop su vous instruire;
Mais ceci vaut assez la peine de le lire :

« Vous êtes un étrange homme, Clitandre[4], de condamner mon enjouement et de me reprocher que je n'ai jamais tant de joie que lorsque je ne suis pas avec vous. Il n'y a rien de plus injuste; et, si vous ne venez bien vite me demander pardon de cette offense, je ne vous la pardonnerai[5] de ma vie. Notre grand flandrin de Vicomte... »

Il devrait être ici.

« Notre grand flandrin de Vicomte, par qui vous commencez vos plaintes, est un homme qui ne saurait me revenir; et depuis que je l'ai vu, trois quarts d'heure durant, cracher dans un puits pour faire des ronds, je n'ai pu jamais prendre bonne opinion de lui. Pour le petit Marquis... »

C'est moi-même, Messieurs, sans nulle vanité.

« Pour le petit Marquis, qui me tint hier longtemps la main[6], je trouve qu'il n'y a rien de si mince que toute sa personne; et ce sont de ces mérites qui n'ont que la cape et l'épée[7]. Pour l'homme aux rubans verts[8]... »

(A Alceste.)
A vous le dé, Monsieur.

« Pour l'homme aux rubans verts, il me divertit quelquefois avec ses brusqueries et son chagrin bourru[9]; mais il est cent moments où je le trouve le plus fâcheux du monde. Et pour l'homme à la veste... »

(A Oronte.)
Voici votre paquet.

« Et pour l'homme à la veste,[10] qui s'est jeté dans le bel esprit et veut être auteur malgré tout le monde, je ne puis me donner la peine d'écouter ce qu'il dit; et sa prose me fatigue autant

---

1. Cette écriture : voir p. 92, n. 3. — 2. La politesse, la mondanité qui l'ont poussée à écrire. — 3. « Il a une belle main » signifiait : il a une belle écriture. — 4. Le nom de Clitandre, utile indication scénique (Acaste lit une lettre adressée à Clitandre, puis Clitandre lira, juste avant le v. 1691, une lettre adressée à Acaste), ne figurait pas dans l'édition originale; il fut introduit en 1682 par Vinot et La Grange. — 5. Sur la négation simple, voir p. 94, n. 2. — 6. On donne aujourd'hui le bras à une femme, non la main : voir ce qu'avait dit Arsinoé au v. 1128; mais *donner la main* signifiait aussi : accompagner une femme en lui laissant la (main) droite. — 7. « On le dit figurément d'un cadet de bonne famille qui n'a point de bien » (*Dict. de l'Acad.*, 1694). — 8. Voir *les Acteurs*, p. 28. Le vert, traditionnellement choisi par les bouffons (voir p. 23), était la couleur favorite de Molière et de sa femme pour leurs costumes de théâtre. — 9. « Qui veut ne point voir le monde » (*Dict. de Furetière*, 1690). — 10. Veste très courte et sans poches; « l'homme au sonnet » (1682).

que ses vers. Mettez-vous donc en tête que je ne me divertis pas toujours si bien que vous pensez; que je vous trouve à dire[1] plus que je ne voudrais, dans toutes les parties où l'on m'entraîne; et que c'est un merveilleux assaisonnement aux plaisirs qu'on goûte que la présence des gens qu'on aime. »

CLITANDRE. — Me voici maintenant, moi.

« Votre Clitandre, dont vous me parlez, et qui fait tant le doucereux[2], est le dernier des hommes pour qui j'aurais de l'amitié. Il est extravagant de se persuader qu'on l'aime; et vous l'êtes de croire qu'on ne vous aime pas. Changez, pour être raisonnable, vos sentiments contre les siens; et voyez-moi le plus que vous pourrez pour m'aider à porter[3] le chagrin d'en être obsédée. »

D'un fort beau caractère on voit là le modèle,
Madame, et vous savez comment cela s'appelle.
Il suffit; nous allons l'un et l'autre en tous lieux
Montrer de votre cœur le portrait glorieux.

1. « *Trouver à redire* signifie *manquer* » (*Dict. de Furetière*, 1690). Célimène fait ici un aveu d'amour à peine déguisé puisqu'elle dit, en somme, à Clitandre : « Je trouve que vous n'êtes pas assez souvent auprès de moi » et qu'en fin de phrase elle le range dans la catégorie *des gens qu'on aime.* — 2. Fait « l'amoureux, le languissant auprès d'une dame » (*Dict. de Furetière*, 1690). — 3. Supporter.

- **Les caractères** — Étudiez les six portraits brossés dans les deux lettres que CÉLIMÈNE a écrites et cherchez-y des preuves de sa fausseté.
  — Lettre à Clitandre (lue par Acaste) :
  1. Célimène prie Clitandre de ne pas l'abandonner;
  2. Elle ridiculise le *grand flandrin de Vicomte ;*
  3. Elle méprise *le petit Marquis* Acaste;
  4. Alceste la *divertit*, mais l'ennuie souvent;
  5. D'Oronte, elle n'aime pas plus la conversation que les vers.

  — On pourrait donc penser qu'entre tous ses soupirants elle a choisi Clitandre et qu'elle ne le trahit avec personne. Mais la lettre à Acaste (lue par Clitandre) détruit cette hypothèse : Clitandre (dont elle fait le portrait, le sixième) est *le dernier des hommes* pour qui elle aurait *de l'amitié.*
- **Satire des mœurs** — Le portrait du grand flandrin de Vicomte crachant dans un puits pour faire des ronds choqua Henriette d'Angleterre (s'il faut en croire Grimarest) à qui Molière lut sa pièce; elle le déclara « indigne d'un tel ouvrage ». Mais Molière refusa de le supprimer car « il avait son original, il voulait le mettre sur le théâtre ». Impitoyable observateur des mœurs de son temps, Molière aimait ce que nous appelons l'actualité.

① A Oronte, à Clitandre, à Acaste, à Alceste, Célimène a fait croire qu'elle les aimait. De quel *caractère* (v. 1691) est-elle donc *le modèle ?*

② Relevez l'esprit qui figure dans la dernière phrase de la seconde lettre.

ACASTE. — J'aurais de quoi vous dire, et belle est la matière;
Mais je ne vous tiens pas digne de ma colère,
Et je vous ferai voir que les petits marquis[1]
Ont, pour se consoler, des cœurs de plus haut prix.

ORONTE. — Quoi! de cette façon je vois qu'on me déchire,
Après tout ce qu'à moi je vous ai vu m'écrire!
Et votre cœur, paré de beaux semblants d'amour,
A tout le genre humain se promet tour à tour[2]!
Allez, j'étais trop dupe, et je vais ne plus l'être.
Vous me faites un bien, me faisant vous connaître :
J'y profite d'un cœur[3] qu'ainsi vous me rendez,
Et trouve ma vengeance en ce que vous perdez.
(A Alceste.)
Monsieur, je ne fais plus d'obstacle à votre flamme,
Et vous pouvez conclure affaire avec Madame[4].

ARSINOÉ, *à Célimène.*
— Certes, voilà le trait du monde le plus noir;
Je ne m'en saurais taire[5] et me sens émouvoir.
Voit-on des procédés qui soient pareils aux vôtres?
Je ne prends point de part aux intérêts des autres[6];
(Montrant Alceste.)
Mais Monsieur, que chez vous fixait votre bonheur,
Un homme comme lui, de mérite et d'honneur,
Et qui vous chérissait avec idolâtrie,
Devait-il...

ALCESTE. — Laissez-moi, Madame, je vous prie,
Vuider[7] mes intérêts moi-même là-dessus,
Et ne vous chargez point de ces soins superflus.
Mon cœur a beau vous voir prendre ici sa querelle[8],
Il n'est point en état de payer ce grand zèle;
Et ce n'est pas à vous que je pourrai songer
Si par un autre choix je cherche à me venger.

ARSINOÉ. — Hé! croyez-vous, Monsieur, qu'on ait cette pensée,
Et que de vous avoir on soit tant empressée?

---

1. Acaste reprend, au pluriel, le terme employé par Célimène dans sa première lettre (troisième paragraphe). — 2. Cette formule rappelle le reproche qu'Alceste avait lui-même fait (v. 1641) à Célimène; mais Oronte utilise une hyperbole coléreuse, vengeresse. — 3. Celui d'Oronte même qui chante sa liberté. — 4. Oronte se venge ainsi d'Alceste, en même temps que de Célimène. — 5. Je ne saurais me taire sur cela. — 6. Oronte, Acaste et Clitandre. — 7. « *Vuider* [vider] se dit figurément en choses morales, et signifie *terminer, finir une affaire* » (*Dict. de Furetière*, 1690). — 8. Sa défense.

Je vous trouve un esprit bien plein de vanité
Si de cette créance[1] il peut s'être flatté :
Le rebut de Madame est une marchandise[2]
Dont on aurait grand tort d'être si fort éprise.
Détrompez-vous, de grâce, et portez-le moins haut[3] :
Ce ne sont pas des gens comme moi qu'il vous faut;
Vous ferez bien encor de soupirer pour elle,
Et je brûle de voir une union si belle.

(Elle se retire.)

ALCESTE, *à Célimène.*

— Hé bien! je me suis tu, malgré ce que je voi[4],
Et j'ai laissé parler tout le monde avant moi.
Ai-je pris sur moi-même un assez long empire,
Et puis-je maintenant...

---

1. « *Croyance* et *créance* se prononcent tous deux à la Cour d'une même façon », selon Vaugelas (1647); la diphtongue *oi* (dans *roi* ou dans les imparfaits, les conditionnels, les futurs : *j'avois, j'auroi, j'aurois*) se prononçait *oué* (*crouéance*); voir p. 30, n. 7. — 2. On rapprochera cette expression de celle qu'Oronte a employée au v. 1708 : *conclure affaire.* — 3. Un cheval porte haut quand il relève la tête sous l'effet du mors; il paraît alors fier. — 4. Voir p. 40, n. 5.

- **Les caractères** — Quatre personnes expriment leur réaction devant les preuves de la fausseté de Célimène. Toutes en étaient informées avant la lecture des deux lettres — Alceste, parce qu'il voyait trop de soupirants tourner autour de celle qu'il voulait pour femme; Acaste et Clitandre parce qu'ils avaient échangé des confidences et joué l'amour de leur hôtesse à pile ou face, pour ainsi dire; Arsinoé parce que l'envie la portait à mal interpréter la coquetterie de son amie — mais l'hallali sonne. Qui aura pitié?
  ACASTE exprime dédaigneusement son mépris : v. 1696;
  ORONTE dit sa joie de retrouver sa liberté : 1705;
  ARSINOÉ cherche, dans cette occasion, le moyen d'attirer Alceste vers elle; mais, durement repoussée, elle se retranche dans le persiflage.
  ALCESTE demeure énigmatique.

- **L'action** — On se demande ce qu'il va décider; il semble que de lui seul dépende le dénouement. Une mondaine triomphante ne pouvait s'accorder avec un misanthrope amer; mais l'infortune devrait les unir. Une comédie doit bien s'achever et, malgré soi, on espère.

- **Le comique** — Le revirement subit d'Arsinoé, dont les paroles (v. 1723 et suiv.) contredisent si vite l'action (v. 1712-1715), détend l'atmosphère. Pour être d'usage courant au théâtre, ce revirement n'en produit pas moins un effet comique.

  ① Dites comment Oronte (v. 1708) fait d'une pierre deux coups et comment il se venge à la fois d'Alceste et de Célimène.

  ② Arsinoé fait d'Alceste un portrait louangeur (v. 1714). Cherchez, dans la pièce, tout ce qui a été dit en l'honneur du misanthrope et quelles qualités on a découvertes en lui.

CÉLIMÈNE. — Oui, vous pouvez tout dire :
Vous en êtes en droit, lorsque vous vous plaindrez,
Et de me reprocher tout ce que vous voudrez.
J'ai tort, je le confesse, et mon âme confuse
Ne cherche à vous payer d'aucune vaine excuse.
J'ai des autres ici méprisé le courroux,
Mais je tombe d'accord de mon crime[1] envers vous.
Votre ressentiment, sans doute, est raisonnable;
Je sais combien je dois vous paraître coupable,
Que toute chose dit que j'ai pu vous trahir,
Et qu'enfin vous avez sujet de me haïr.
Faites-le, j'y consens.

ALCESTE. — Hé! le puis-je, traîtresse?
Puis-je ainsi triompher de toute ma tendresse?
Et, quoique avec ardeur je veuille vous haïr,
Trouvé-je un cœur en moi tout prêt à m'obéir?

(A Éliante et Philinte.)

Vous voyez ce que peut une indigne[2] tendresse,
Et je vous fais tous deux témoins de ma faiblesse.
Mais, à vous dire vrai, ce n'est pas encor tout,
Et vous allez me voir la pousser jusqu'au bout,
Montrer que c'est à tort que sages on nous nomme,
Et que dans tous les cœurs il est toujours de l'homme[3].

(A Célimène.)

Oui, je veux bien, perfide, oublier vos forfaits;
J'en saurai, dans mon âme, excuser tous les traits,
Et me les couvrirai[4] du nom d'une faiblesse
Où[5] le vice du temps porte votre jeunesse,
Pourvu que votre cœur veuille donner les mains[6]
Au dessein que je fais de fuir tous les humains,

1. Le crime étant une atteinte à la loi (le meurtre n'est qu'un crime parmi les autres, mais le plus grave), on peut parler d'un crime contre la loi morale, la loi de l'honnêteté, de la droiture. — 2. Indigne de lui, d'un homme, d'un gentilhomme qui devrait être maître de ses sentiments, au lieu de céder à la faiblesse. — 3. Il y a toujours *de l'homme*, c'est-à-dire de la faiblesse : celle de Sganarelle, d'Arnolphe, d'Orgon, de tous les personnages que Molière a incarnés sur la scène. — 4. Comme on couvrit Noé de son manteau afin qu'on ne pût constater ses turpitudes. — 5. Vers laquelle. — 6. Consentir; la métaphore avait déjà été employée par Alceste au v. 1388, mais elle nous paraît ici choquante, à cause de l'image concrète éveillée par le mot *cœur*.

Et que dans mon désert[1], où j'ai fait vœu de vivre,
Vous soyez, sans tarder, résolue à me suivre.
C'est par là seulement que, dans tous les esprits,
Vous pouvez réparer le mal de vos écrits,
Et qu'après cet éclat, qu'un noble cœur abhorre,
Il peut m'être permis de vous aimer encore.

CÉLIMÈNE. — Moi, renoncer au monde avant que de vieillir,
Et dans votre désert aller m'ensevelir?

ALCESTE. — Et s'il faut qu'à mes feux votre flamme réponde,
Que vous doit importer tout le reste du monde?
Vos désirs avec moi ne sont-ils pas contents[2]?

CÉLIMÈNE. — La solitude effraye une âme de vingt ans;
Je ne sens point la mienne assez grande, assez forte,
Pour me résoudre à prendre un dessein de la sorte.
Si le don de ma main peut contenter vos vœux,
Je pourrai me résoudre à serrer de tels nœuds,
Et l'hymen...

---

1. Son château, quelque part au milieu des champs; voir p. 35, n. 3. — 2. Être content, c'est avoir l'âme pleine (cf. *contenu*) de joie.

- **Les caractères** — Les comparses ayant parlé, Alceste et Célimène se font face.
— CÉLIMÈNE ne se réfugie pas dans le mensonge. Elle *confesse* son *tort* (v. 1739), sans chercher de vaine excuse. Elle méprise la colère d'Oronte et des marquis, mais elle *tombe d'accord* (v. 1742) du *crime* qu'elle a commis envers Alceste. Cependant, elle n'avoue pas l'avoir trahi (v. 1745), elle observe seulement que les apparences sont contre elle. ① Comment comprenez-vous cette attitude?
— ALCESTE, lui, n'a pas changé; il garde intacte sa *tendresse* (v. 1748) pour Célimène. Il représente la constance. ② Cherchez tous les endroits où cette constance s'exprime, et n'oubliez pas la chanson du roi Henri p. (46).

- **L'action** — Ainsi, le spectateur reprend espoir. Alceste propose le mariage, à une condition cependant (v. 1761-1764). Célimène va-t-elle accepter? Non hélas! ce n'est pas d'Alceste que le dénouement dépendait, mais de Célimène. ③ Commentez le *j'y consens* du v. 1747.

- **Les mœurs** — Le mot *coquette* est apparu vers 1650, pour désigner la femme inconstante (dès 1631 pourtant, l'auteur de *la Conversation de Maistre Guillaume avec la princesse de Conty* notait que « toutes les actions des dames à la mode s'appellent d'un mot : coquetteries »), et, la mode s'affirmant, toute femme élégante voulut l'être ou le paraître. Les femmes devinrent « un peu moins modestes qu'autrefois », observe Bussy-Rabutin (1618-1693); « voyant qu'elles languissaient dans l'oisiveté si elles ne faisaient des avances [pensons à Arsinoé] ou si elles étaient cruelles » (si elles refusaient celles qu'on leur faisait), elles provoquèrent les soupirants : voir p. 72, n. 5.

ALCESTE. — Non; mon cœur à présent vous déteste,
Et ce refus lui seul fait plus que tout le reste.
Puisque vous n'êtes point en des liens si doux[1]
Pour trouver tout en moi, comme moi tout en vous[2],
Allez, je vous refuse, et ce sensible outrage
De vos indignes fers pour jamais me dégage.
(Célimène se retire, et Alceste parle à Éliante.)
Madame, cent vertus ornent votre beauté,
Et je n'ai vu qu'en vous de la sincérité;
De vous, depuis longtemps, je fais un cas extrême;
Mais laissez-moi toujours vous estimer de même,
Et souffrez que mon cœur, dans ses troubles divers,
Ne se présente point à l'honneur de vos fers[3] :
Je m'en sens trop indigne et commence à connaître
Que le Ciel pour ce nœud ne m'avait point fait naître[4];
Que ce serait pour vous un hommage trop bas
Que le rebut d'un cœur qui ne vous valait pas,
Et qu'enfin...

ÉLIANTE. — Vous pouvez suivre cette pensée;
Ma main de se donner n'est pas embarrassée,
Et voilà votre ami, sans trop m'inquiéter[5],
Qui, si je l'en priais, la pourrait accepter.

PHILINTE. — Ah! cet honneur, Madame, est toute mon envie,
Et j'y[6] sacrifierais et mon sang et ma vie.

ALCESTE. — Puissiez-vous, pour goûter de vrais contentements,
L'un pour l'autre à jamais garder ces sentiments!
Trahi de toutes parts, accablé d'injustices,
Je vais sortir d'un gouffre où triomphent les vices,
Et chercher sur la terre un endroit écarté
Où d'être homme d'honneur on ait la liberté.

PHILINTE. — Allons, Madame, allons employer toute chose
Pour rompre le dessein que son cœur se propose.

---

1. Vous n'éprouvez pas l'amour nécessaire. — 2. On pense aux mots de Tristan à Yseult : « Belle amie, ainsi est de nous. — Ni vous sans moi ni moi sans vous »; Alceste est décidément un « vieux Gaulois » : il a, de l'amour, une conception médiévale qui ne reviendra à la mode qu'avec le romantisme. — 3. Métaphore galante, habituelle alors (le mariage fait du mari l'esclave de celle qu'il épouse) et déjà utilisée au v. 1784. — 4. Alceste se soumet facilement au destin, il ne le provoque pas, comme les héros de Corneille. — 5. Sans que j'aie à m'inquiéter; faites la diérèse *qui-é*. — 6. Voir p. 64, n. 2.

● **L'action** — Plus forte que tout, la coquetterie de Célimène engendre le dénouement :
a) Déclaration de principe : Célimène ne peut *renoncer* à la mondanité (v. 1769-1770);

b) Elle ne conçoit rien de plus effrayant que *la solitude* (v. 1774-1776); c) Sûr maintenant qu'elle ne l'aime pas comme il l'aime (retenez sa belle définition de l'amour au v. 1782), Alceste passe subitement de l'amour à la haine (v. 1779);
d) Se tournant vers Éliante, dont il fait *un cas extrême* (v. 1787), il la dégage de toute obligation envers lui (souvenons-nous de la déclaration qu'il lui a faite aux v. 1246-1248) : il ne veut pas lui offrir un cœur de *rebuts* (v. 1794).
e) Avec sagesse, Éliante se tourne alors vers Philinte : dénouement heureux. Il ne reste plus à Alceste, après avoir noblement complimenté le couple engagé dans le bonheur, qu'à *sortir d'un gouffre où triomphent les vices :* dénouement malheureux, tragique même puisqu'il déclenche la peur (v. 1807-1808) de Philinte.

① Ce dénouement achève-t-il vraiment l'action? Ne sollicite-t-il pas étrangement l'imagination, au contraire? que va devenir Alceste? que deviendra Célimène? Concevez les deux romans, ou les deux drames.

② Ne pourrait-on faire à Célimène les reproches que Madeleine Gide (voir F. Mauriac, *Mémoires intérieurs,* 1959 p. 175) faisait à son mari dans le cahier secret qu'elle rédigeait : « J'ai été attristée, effrayée de sentir combien — plus que jamais — tu étais à toi-même ton seul but — ton seul souci — ton seul amour — qui t'envahit, André? »

③ Mais ne pourrait-on également faire les mêmes reproches à Alceste (voir p. 91)? Vous tenterez de différencier les deux égoïsmes.

④ « Alceste n'est qu'un homme qui n'a pas réussi dans le monde. Indifférent, il serait plus beau, mais moins intéressant que misanthrope.
» Si le roi disait : « Nous deux! » Si Célimène l'embrassait tout d'abord, si Oronte lui disait : « Je sais que vous faites des vers délicieux... »
» Nos vertus, nous les devons à l'impuissance où nous sommes d'avoir des vices. »

Commentez ce jugement porté sur Alceste par Jules Renard dans son *Journal* (28 février 1901), achevez ces suppositions suggestives, et tentez d'expliquer les conclusions générales auxquelles arrive Jules Renard dans un étonnant raccourci.

COMPLÉMENT BIBLIOGRAPHIQUE (*cf.* p. 24)

P. Bénichou, *Morales du Grand Siècle*, NRF, 1948.
J. Schérer, *la Dramaturgie classique en France*, Nizet, 1959 (rééd.).
J. Audiberti, *Molière*, l'Arche, 1954.
A. Simon, *Molière par lui-même*, Seuil, 1957.
J. Cairncross, *Molière bourgeois et libertin*, 1963.
J. Guicharnaud, *Molière, une aventure théâtrale*, Gallimard, 1963.
E. Lop et A. Sauvage, *Introduction au « Misanthrope »*, Éd. sociales, 1963.
A. Ubersfeld, *Lire le théâtre*, Éd. sociales, 1977.
G. Dupeyron, « Du Nouveau sur *le Misanthrope* », *Europe*, jan.-févr. 1973.
R. Monod, « Un *Misanthrope* sans autocensure », *Europe*, nov.-déc. 1973.
« Critique, dramaturgie, pédagogie : comment parler de Célimène », *Annales de la Faculté des Lettres de Nice*, n° 8, 1959.

DOSSIER PÉDAGOGIQUE

1. Une définition de la comédie

Dans *la Critique de « l'École des femmes »*, Molière écrit que l'art de l'auteur comique consiste à « entrer comme il faut dans le ridicule des hommes et à rendre agréablement sur le théâtre des défauts de tout le monde » (Dorante, sc. 6).
J. GUICHARNAUD applique cette définition au *Misanthrope :* « Cette pièce puise sa matière dans les mœurs courantes, non héroïques, dans les défauts du temps et de tous les temps » (*Molière, une aventure théâtrale*, p. 526).
— Appréciez chacun des termes de cette affirmation.

2. Molière peintre et juge de son temps

La fonction sociale du dramaturge.
S'appuyant sur la *Lettre* de DONNEAU de VISÉ (voir notre Introduction p. 20-22 : « Molière n'a point voulu faire une comédie pleine d'incidents, mais une pièce, seulement, où il pût parler contre les mœurs du siècle »), et refusant de limiter *le Misanthrope* à l'aspect autobiographique (Int. p. 19), É. LOP et A. SAUVAGE avancent cette déduction : « Ainsi *le Misanthrope* qui n'est pas plus la pièce d'un moraliste intemporel qu'un drame intimiste, mais avant tout la pièce d'un peintre de mœurs, nous paraît à cet égard inséparable du *Tartuffe* et de *Dom Juan* et ne peut s'expliquer que si l'on se réfère à la ' fonction sociale ' de l'auteur comique, telle que la concevait Molière » (Introduction au *Misanthrope*, Éd. sociales, p. 10).
— Comment concevez-vous cette « fonction sociale »? Vous pouvez vous appuyer sur ce que dit Molière dans *la Critique de « l'Éc. des femmes »*, sc. 6. « Lorsque vous peignez les hommes, il faut peindre d'après nature; on veut que ces portraits ressemblent et vous n'avez rien fait si vous n'y faites reconnaître les gens de votre siècle. »
— Montrez, en vous fondant sur la structure du *Misanthrope*, que l'action dramatique et le tableau de mœurs se trouvent étroitement liés; en considérant, par ailleurs, le choix des personnages, montrez que la peinture des caractères est, elle aussi,

inséparable de la peinture du milieu. La satire est double : sociale et morale. Est-elle aussi « politique »?

3. La peinture du milieu

Le Misanthrope est une comédie « réaliste », enracinée dans une époque et un milieu précis : la noblesse de cour.
Elle se joue « entre égaux », personnes du même rang, toutes jeunes. En conséquence, « les obstacles ne viendront pas de quelque autorité supérieure, sociale ou familiale. La liste [des personnages] ne contient ni père, ni mère, ni prince, ni suivante. En un mot, dans cette pièce, il ne s'agira ni de mésalliance (Célimène jetée dans les bras d'un Sganarelle par exemple) ni de tyrannie familiale » (J. Guicharnaud, *op. cit.*, p. 348).
— De quelle nature seront les obstacles?
— Le salon de Célimène ou l'art de converser. Qui parle? De quoi? A qui? et comment? Quels sont les liens qui unissent les personnages?
— Selon KARL MARX, « les conditions de l'existence sociale déterminent la conscience ». Pourriez-vous analyser la pièce à la lumière de cette brève formule? La trouvez-vous trop péremptoire? Si oui, pour quelles raisons?

4. La satire du courtisan

Le « bel esprit », les gens du « bel air » : nous trouvons ici l'aboutissement d'une longue réflexion sur ce thème (cf. Jodelet et Mascarille dans *les Précieuses ridicules*, la peinture des courtisans dans *la Critique de « l'École des femmes »* et *l'Impromptu de Versailles*).
— Plusieurs portraits nous sont proposés dans *le Misanthrope* (y compris les silhouettes croquées dans la fameuse « scène des portraits », II, 4). Relevez-les et classez-les en « types sociaux » dont vous analyserez les usages, les manières, le langage.
— Dans chaque portrait, Molière dénonce un travers ou un ridicule. Lequel (ou lesquels) chez Oronte, Acaste, Clitandre, Alceste, Philinte? Quels sont les personnages qui sont dépeints le plus objectivement? Sur quoi porte alors la critique? A quelle(s) fin(s)? Quand et où les courtisans sont-ils le plus ridicules?
— Quelle est la fonction dramatique de la satire du courtisan dans l'économie de la pièce?
— Les différents degrés de comique dans cette satire.

5. Les pratiques judiciaires

« Tout marche par cabale et par pur intérêt », dit Philinte (vers 1556). Machinations, brigues et cabales sont nombreuses au XVIIe siècle. Quel rôle jouent le procès d'Alceste, celui

de Célimène, et l'intrigue d'Arsinoé contre Célimène dans la conduite de l'action?
— Trouvez-vous dans ces faits des indications relatives à la vie de cour sous Louis XIV?

6. La femme et le siècle

Trois femmes libres, trois comportements différents : la prude, la coquette, la sincère. Chacune se défend comme elle peut. Comparez les trois attitudes.
E. Lops et A. Sauvage rappellent que, dans le contexte social de l'époque, Célimène est « exposée » par son statut de jeune veuve, et donc obligée d'agir avec diplomatie : « Dans un régime fondé sur le système de la faveur, celle du roi, des ministres, des gens en place, la femme étant étroitement maintenue dans un état d'infériorité, sur le triple plan économique, juridique et politique, la coquetterie devient alors un procédé d'économie qui permet de donner peu à beaucoup et de s'attacher le maximum d'amis aux moindres frais » (*op. cit.*, p. 27).
— Cette explication de la conduite de Célimène vous convient-elle? Vous suffit-elle?
R. Jasinski met l'accent sur la duplicité et le machiavélisme de la coquette : « Célimène porte à sa plus haute virtuosité l'art de jouer avec l'amour. Il lui plaît presque par sport, d'éveiller la passion et de la pousser à son paroxysme en se dérobant elle-même : par divertissement, par vanité, par incapacité d'aimer, par désœuvrement ou toute autre raison » (*Molière et « le Misanthrope »*, p. 169).
Alors que, pour J. Guicharnaud, « Célimène est un personnage sans équivoque — et c'est ce qui la rend d'autant plus insaisissable pour qui veut la conquérir. Elle a la naïveté, — non d'Agnès —, mais de tout individu qui est à chaque instant de plain-pied avec ce qu'il dit ou ce qu'il fait. Elle coïncide avec son comportement. » (*op. cit.*, p. 404.)
— Dégagez les principaux traits de caractère de Célimène à la lumière de ces trois jugements.
— Vous apparaît-elle sincère ou non? S'interroge-t-elle? Évolue-t-elle? Est-elle logique avec elle-même?
— Imaginez différents contextes sociaux et types de situations où la coquetterie apparaîtrait comme une nécessité.
— Faites la part de la comédie de mœurs et de la comédie de caractère dans les trois portraits de femmes qui nous sont proposés.
Molière et la « libération » féminine dans *le Misanthrope*.
— Un thème autour duquel s'articule la pièce : Faveur et faveurs (et leurs contraires, oubli-disgrâce). Mettez-le en valeur.

7. L'idéal de l'honnête homme et la question de la sincérité

— *Le Misanthrope* met en scène et oppose plusieurs conceptions de l'honnêteté. C'est par rapport à leur plus ou moins grand degré d'exigence en matière de sincérité (comment vivre en accord avec soi-même et le monde à un moment précis de l'Histoire et dans une situation donnée) que se définissent et s'affrontent les personnages de la pièce. Montrez-le.

8. L'opposition Alceste-Philinte

« Philinte est présenté comme un exemple de la norme du monde de la pièce, non comme un modèle à suivre dans la vie. Simplement, il dit (et représente) ' les gens ' alors qu'Alceste dit ' je ' et ne représente que lui-même. Il applique les règles du groupe » (J. Guicharnaud, *op. cit.*, p. 359).

« Ce qui donne tant de relief — comique ou dramatique, comme on veut — à Alceste, c'est qu'il va à contre-courant et qu'il se heurte, comme une sorte de paysan du Danube d'une époque féodale périmée, aux principaux aspects de la vie sociale de son époque et de sa classe. Aussi bien Philinte ne lui reproche pas son jugement pessimiste : il lui reproche de ne pas se soumettre à l'ensemble des règles qui définissent alors ' l'honnêteté '. La conduite sociale l'emporte à ses yeux sur le problème moral et il pose en termes de politesse et de civilité la question de la sincérité » (G. Dupeyron, dans *Europe*, février 1966, p. 112).

— A la lumière de ces deux textes, analysez le comportement et le caractère des deux personnages ainsi que leur langage.

— Les deux personnages ne s'opposent pas seulement par leurs principes mais par leur tempérament (le flegmatique contre le bilieux). Quelles sont les répercussions dramatiques de cette double opposition?

9. Le drame de l'inadaptation

« Théâtralement, Molière s'est plu à accumuler le potentiel dramatique le plus fort possible en installant son Alceste précisément dans le monde d'une politesse de cour où les codes sont fondés sur le contraire du ' tout ou rien ', sur les nuances, les équivoques, les compromis partiels, en lui donnant pour maîtresse précisément une femme qui vit à la lettre les moindres nuances et toutes les possibilités de dispersion d'un de ces codes » (J. Guicharnaud, *op. cit.*, p. 402).

— Définissez les différents codes de la politesse qui sont décrits ici. Relevez les vers qui y font allusion.

— L'intransigeance morale d'Alceste en matière d'amitié et d'amour :

a) détermine l'intérêt dramatique de la pièce à travers les

épreuves successives auxquelles est confronté le personnage, b) est source de comique. En quoi ce comique est-il ambigu?
— Faites l'inventaire des contradictions d'Alceste.
Il oscille perpétuellement « entre deux moyens contradictoires de satisfaire son moi : la dérobade et l'affirmation agressive de sa différence. Il fuit ou il attaque. Il tente soit de nier les hommes, soit de les changer. » (Guicharnaud, *op. cit.*, p. 383).
— Appréciez ce jugement en vous fondant sur l'analyse des « réquisitoires » d'Alceste. Aurait-il une attitude plus verbale qu'active? Le langage, le « discours » seraient-ils une compensation?
« Rêve d'Alceste, rêve d'être le créateur d'un monde d'objets dont il serait, du même coup, le maître absolu. Mais dans le monde réel, il ne peut que vouloir un changement ou, devant l'impossibilité de ce changement, définir ' négativement ' » (*Ibid.*, p. 505).
— Comment se représente-t-il la Célimène de ses rêves? et comment la voit-il parfois? Comment se représente-t-il le monde qu'il souhaite? et comment le voit-il?
— Les revendications d'Alceste sont souvent justes. Pourquoi donc n'aboutissent-elles pas?

10. La rime maladie-comédie

« La pièce nous montre que non seulement les natures individuelles résistent au vœu d'Alceste, mais que l'univers théâtral lui-même s'y oppose par son mouvement propre, qui refuse toute immobilisation et se traduit par le coup de théâtre, l'entrée de tel ou tel personnage à un moment *choisi* — et choisi *contre* Alceste [...]. La pièce nous montre l'échec d'un personnage qui veut arrêter à la fois la comédie humaine et la comédie scénique. Toutes deux se vengent avec toutes les armes dont elles disposent. Lui qui s'oppose à la comédie, voilà qu'à chaque instant il est vu par les autres comme un ' plaisant personnage ' — et par les autres, il faut entendre à la fois le groupe de Célimène et les spectateurs. *Il est jeté dans le paradoxe du comique de l'anti-comique* » (J. Guicharnaud, *op. cit.*, p. 506).
— En vous appuyant sur le texte de la pièce, vous analyserez point par point ce jugement.
— Essayez de définir les différents aspects du comique dans *le Misanthrope*. Donneau de Visé parlait de « rire dans l'âme » (voir notre Introduction, p. 22). Appréciez sa formule.

11. La comédie dans la comédie

— Qui joue la comédie? quelle comédie? à qui et pour qui?
— Chacun est en « représentation » dans *le Misanthrope* et joue

un « rôle » pour l'autre; chaque personnage est à la fois acteur et spectateur. Développez cette observation.
— Quelle est la fonction dramatique de celui qui « écoute »? (voir l'étude littéraire de la scène des Portraits, II, 4).
— « *Ce grand aveuglement où chacun est pour soi* » (Célimène, vers 968). L'égoïsme et la cécité ne sont-ils pas au cœur des malentendus mis en scène dans *le Misanthrope*? Chacun se « voit », mais ne sait pas (ou ne veut pas savoir) comment les autres le « voient ».
— *La comédie du monde :* masques et mascarade; les tricheurs et les sincères.
Étudiez le thème du « divertissement » dans la pièce.

12. Un dénouement pas comme les autres

« Ce qui éclate, à la fin du *Misanthrope*, c'est que Célimène se préfère à Alceste, c'est qu'Alceste se préfère à Célimène. Et ce qui est évident d'un bout à l'autre, c'est que chaque personnage se préfère à tous les autres » (J. Guicharnaud, *op. cit.*, p. 510).
— Appréciez ce jugement.
— Que reste-t-il quand le rideau tombe?
Découvre-t-on une perspective historique? Aperçoit-on des solutions au problème posé par Alceste? Lesquelles? Qui incarne les valeurs de survie et de progrès?
— Comparez le dénouement du *Misanthrope* avec celui d'autres comédies de Molière, puis tirez une conclusion.

13. « Le Misanthrope » au cours des siècles

G. Dupeyron explique en ces termes le retentissement du *Misanthrope* (article cité, p. 113) :
« Son contenu a gardé sa valeur, son intérêt intact à travers les siècles, dans la mesure où la pièce n'est pas seulement une satire des mœurs, mais un miroir où se reflète un des conflits fondamentaux (vérité contre mensonge) dans lequel sont impliqués les hommes au cours de l'évolution historique. »
— Cette explication vous satisfait-elle?
Trois jugements que vous pourrez commenter :

Rousseau ou le point de vue « éthique » :
« Vous ne sauriez me nier deux choses : qu'Alceste, dans cette pièce, est un homme droit, sincère, estimable, un véritable homme de bien; l'autre, que l'auteur lui donne un personnage ridicule [...]. Cependant ce caractère si vertueux est présenté comme ridicule. Il l'est, en effet, à certains égards; et ce qui démontre que l'intention du poète est bien de le rendre tel, c'est celui de l'ami Philinte qu'il met en opposition avec lui. Ce Philinte est le sage de la pièce, un de ces honnêtes gens du grand monde dont les maximes ressemblent beaucoup à

celles des fripons; de ces gens si doux, si modérés, qui trouvent toujours que tout va bien parce qu'ils ont intérêt que rien n'aille mieux; qui sont toujours contents de tout le monde parce qu'ils ne se soucient de personne. »

Lettre à d'Alembert sur les spectacles, 1758.

SAINTE-BEUVE résume en ces termes le point de vue « romantique » :
« Alceste, c'est-à-dire ce qu'il y a de plus sérieux, de plus noble, de plus élevé dans le comique, le point où le ridicule confine au courage, à la vertu. Une ligne plus haut, et le comique cesse, et on a un personnage purement généreux, presque héroïque et tragique. »

Portraits littéraires, IV, 1844.

STENDHAL et l'aspect « politique » :
« Il y a dans Alceste l'imperfection que la tête n'est pas assez bonne. Il devrait voir que tous ces maux qu'il ne peut endurer viennent du gouvernement monarchique, et tourner contre le tyran la haine que lui donnent les vices de ses contemporains. »

Œuvres intimes (éd. de la Pléiade, p. 538)

14. Si vous mettiez en scène « Le Misanthrope »...

Un héros ou un personnage parmi d'autres?
Molière ayant intitulé sa pièce *le Misanthrope ou l'Atrabilaire amoureux*, on a tendance à faire d'Alceste le héros de la pièce. Est-ce une nécessité? Sur quel(s) autre(s) personnage(s) la pièce pourrait-elle éventuellement se centrer?
R. MONOD, pour sa part, répond : « La comédie se passe de héros. Elle peint. Il n'y aura donc pas de héros dans notre représentation du *Misanthrope*, mais des hommes et des femmes en situation, tous aliénés par un pouvoir politique suavement tyrannique et castrateur, tous en proie aux contradictions, mais assumant leur rôle avec plus ou moins d'inquiétude ou de tranquillité » (*Europe*, décembre 1972, p. 132).
— Appréciez cette prise de position.
— Si vous deviez reprendre la trame du *Misanthrope* aujourd'hui, dans quelles situations et par rapport à quel type de pouvoir feriez-vous évoluer les personnages?

Les personnages

— Quel âge et quel physique donneriez-vous aux différents protagonistes? Caractérisez-les le plus nettement possible.
— Comment les situeriez-vous les uns par rapport aux autres? Envisagez plusieurs « combinaisons » : systèmes d'alliances (ou de mésalliances) et d'oppositions suivant la catégorie du personnage (son âge, son appartenance au groupe, ses désirs

avoués ou inavoués, ses revendications, etc.); selon que l'individu se sent isolé, en voie d'intégration ou intégré dans la société et par rapport au pouvoir en place.

Ex. : Alceste seul / La société entière.
Alceste-Philinte / Oronte, les petits Marquis, les femmes.
Alceste-Célimène / Les autres.
Célimène-(Le Roi) / Sujets et courtisans.
Les femmes / Les hommes, etc.

Selon les partis adoptés, la nature des conflits et la signification de la pièce changent considérablement. Montrez-le. (Ces groupes, bien sûr, sont mobiles. Il peut y avoir des changements de camp.)

Les costumes

— D'époque ou indifférenciés? Quel parti prendriez-vous?
Pour R. Jean, l'habit a un sens : « Il est clair que pour Molière le vêtement, dont la mission est de cacher le corps, est comme le reflet, le symbole et le signe visible de tout un ensemble d'artifices sociaux dont il importe de dénoncer la malfaisance » (*Europe*, février 1966, p. 31).
— Dans quelles scènes est-il fait allusion au « vêtement »? Quelle fonction lui attribuez-vous?
— Différenciez nettement l'habit de chacun. Quels signes particuliers ou généraux aurait-il, suivant qu'on isole le personnage ou qu'on le rattache à une classe d'âge, un groupe ou une coterie?

La mise en scène

Un lieu unique (le salon de Célimène) neutre, intemporel, laissant libre cours aux affrontements?
Des actions « simultanées » dans des espaces différenciés? comme le proposait R. Monod dans son projet de mise en scène du *Misanthrope :* « Le public entrera dans une salle de plain-pied. Au bout d'une allée centrale se dresse (relié au sol par un escalier monumental) le Grand Théâtre du Roi. Quelque part se dresse, plus modeste, le Petit Théâtre de Célimène. Le public sera placé de deux façons : dans des boxes latéraux, tournés vers l'allée centrale (type tribunes pour un défilé militaire, un carnaval) ou sur des banquettes, rangées face à l'autel du Roi (type église : la chapelle à Versailles). Il y aura donc des effets de surimpression entre le public et le spectacle » (*op. cit.*, p. 140).
Pour J. Guicharnaud, « vraiment ' fonctionnel ' sera le décor qui opposera, évoquera le pôle opposé au ' désert ' où Alceste menace de se réfugier : *salon-carrefour*, lieu clos voisin du palais de la tragédie où les individus sont constamment ramenés l'un

vers l'autre, l'un sur l'autre, mais aussi lieu en quelque sorte ' surpeuplé ', où le manque d'espace (le manque de liberté physique même) oblige chacun aux efforts les plus dramatiques s'il veut être lui-même tout en évitant les heurts douloureux » (*op. cit.*, p. 350).
— Quel espace choisiriez-vous? Comment l'aménageriez-vous? Comment l'utiliseriez-vous?
— Comparez les différentes mises en scène que vous aurez pu imaginer.

Le découpage de la pièce

— Faites le découpage de la pièce en tableaux et séquences. Disposez chaque personnage ou groupe dans l'espace scénique. Imaginez leur jeu (allées et venues, gestes, réactions, mimiques) en fonction des différentes situations. Y aurait-il, au cours de la pièce, progression ou aggravation dans le jeu des personnages? ralentissement ou accélération dans le rythme de l'action? A quels moments? et chez quels personnages?
— Proposez plusieurs mises en scène du dénouement.

Des personnages ajoutés ?

— Ajouteriez-vous des personnages (vivants ou mannequins) pour figurer le roi, les courtisans, la foule? R. MONOD avait imaginé (outre la présence du roi, du « scélérat » ennemi d'Alceste et du grand écuyer du roi) de faire apparaître, au long de certains tableaux, trois mannequins immobiles en chair et en os : « un petit vieillard courbé, qu'on bouscule, qu'on ignore; une femme enceinte pathétique, que son état ne dispense pas de paraître et d'attendre debout avec tous les autres; une vieille chassieuse et dégoûtante étalant sa présence. Ces personnages sont donnés par les mémorialistes qui insistent sur les misères physiques dont l'étiquette ne voulait pas tenir compte » (article cité, p. 139).
— Que pensez-vous de ces inventions scéniques? Ajoutent-elles quelque chose au génie de Molière? Vont-elles à l'encontre du désir de concentrer l'attention sur l'essentiel?

Décor, objets et accessoires

— Sentez-vous la nécessité de matérialiser soit par le décor soit par des objets et accessoires (fauteuils, pliants, coussins, épées, éventails, masques, miroirs, lettres, plumes, etc.). un certain nombre de comportements, d'actions ou de situations? Si oui, lesquels choisiriez-vous et à quelles fins? Auraient-ils une valeur fonctionnelle? symbolique? ou les deux à la fois?
— Quelle part ferez-vous à l'éclairage dans la mise en scène?
— Ferez-vous appel à la musique ou non?

ICONOGRAPHIE

Le duo Alceste-Célimène

— A l'aide des divers documents reproduits, étudiez les gestes, l'attitude, l' « humeur » de Célimène. Relevez ce que les différentes interprétations du personnage peuvent avoir de commun. Que pouvez-vous en déduire?
Face à la « coquette », le Misanthrope.
— Cinq interprétations vous en sont proposées. Comment varie le personnage d'Alceste en fonction de l'âge, de la physionomie et du costume qui lui sont prêtés?
— Un homme « blessé » ou un personnage « ridicule »? Tentez d'analyser ce que, à chaque fois, le metteur en scène et l'acteur ont voulu faire ressortir.
— Lequel des cinq acteurs présentés vous paraît-il le mieux convenir au rôle d'Alceste tel que vous vous l'imaginiez?

La comédie du monde

— Dans la scène des portraits, telle que l'a mise en scène M. Bluwal (p. 50), comment le metteur en scène a-t-il souligné les affinités et les différences à l'intérieur du groupe, notamment par l'utilisation de l'espace scénique (symétrie, échos, etc.)? Pourquoi Alceste est-il à l'écart?
— Les petits marquis (p. 51) : ressemblances et différences dans les deux mises en scène.
— Le thème du regard : qui regarde qui? Comment? A quelle(s) fin(s)? Étudiez en quoi le regard est un élément du langage dramatique. En quoi l'interprétation du texte s'en trouve-t-elle enrichie?

Costumes et décors

En vous appuyant sur les éléments donnés dans les pages 124 à 127 (« si vous mettiez en scène... »), essayez d'analyser et d'évaluer les différents partis-pris choisis par les metteurs en scène.

TABLE DES MATIÈRES

Le théâtre au XVIIe siècle 3

La vie de Molière et son époque 4

Molière : l'homme 12

Molière : ses principes 13

Molière : son œuvre 14

La comédie du *Misanthrope* : présentation au public; raisons du demi-succès; publication de la pièce présentée par Donneau de Visé; interprétation de la pièce par les comédiens; les imitateurs et les continuateurs de Molière peintre du misanthrope; ouvrages à consulter 15

Schéma de la comédie 26

Premier acte 29

Deuxième acte 52

Troisième acte 68

Quatrième acte 84

Cinquième acte 101

Complément bibliographique 117

Dossier pédagogique 118

Iconographie 127

DISCOGRAPHIE

Dans la collection SSB — Conseiller littéraire F. Angué

LE MISANTHROPE

Un disque 33 tours.

Berger-Levrault, Nancy. — Imprimé en France. — 779795-10-1982.
Dépôt légal : juillet 1982. — Dépôt 1re édition : 1961.